기 드 모파상 단편집

일러두기

- 이 책은 Guy de Maupassant, 『*Contes et nouvelles*』 éditions Gallimard 등에서 발췌해 번역했습니다.
- 이 책에 실린 각각의 단편소설은 원작을 완역한 것입니다.

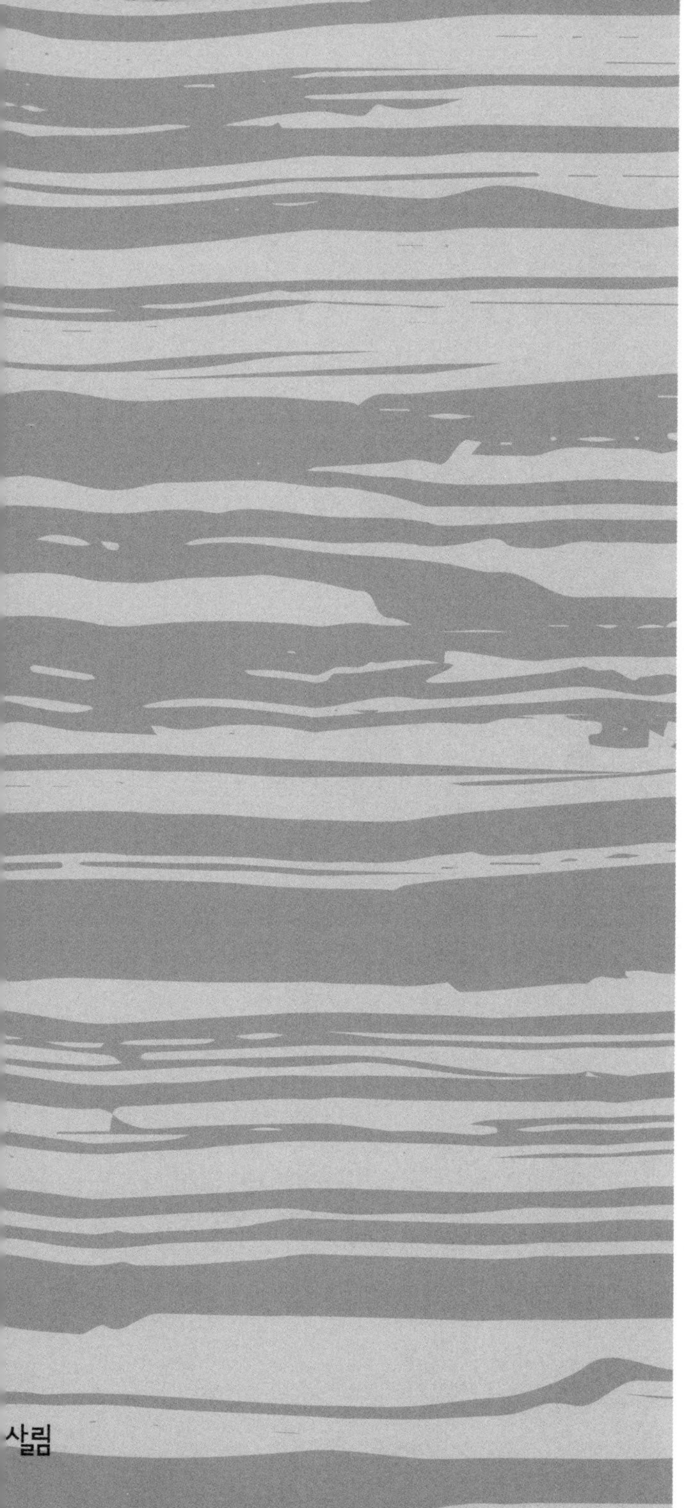

Guy de Maupassant

기 드 모파상 단편집

기 드 모파상 지음

살림

기 드 모파상의 어린 시절 어머니와 함께 찍은 사진

기 드 모파상은 네덜란드 귀족 혈통을 지닌 귀스타브 드 모파상과 부르주아 계급의 어머니 로르 사이에서 태어났다. 그는 예술적 재능이 풍부했던 어머니 밑에서 문학적 영향을 받으며 자랐다.

「비곗덩어리」 삽화

프랑스 잡지 「릴뤼스트라시옹(L'Illustration)」의 전쟁 특파원이자 삽화가인 조르주 스콧(Georges Bertin Scott, 1873~1943)이 모파상의 대표적인 단편 「비곗덩어리」의 삽화를 수채화로 그렸다.

Le Numéro 5 centimes

GIL BLAS

ILLUSTRE, HEBDOMADAIRE

LA PARURE, par Guy de Maupassant

「목걸이」 삽화

프랑스의 화가 스테인렌(Théophile Alexandre Steinlen, 1859~1923)이 그린 모파상의 단편 「목걸이」의 삽화다. 1893년 10월 8일 신문 「질 블라스(GIL BLAS)」에 실렸다.

기 드 모파상 단편집 차례

La Parure
목걸이

목걸이

운명의 잘못에 의해서인지 간혹 하급 관리의 가정에 예쁘고 귀여운 여자아이가 태어나는 일이 있는데 바로 그녀가 그러했다. 그녀는 지참금도 없고 유산이 굴러 들어올 만한 데도 없으며, 돈 많은 남자나 행세깨나 하는 남자를 만나 서로 사랑하고 결혼할 수 있는 길은 아예 없었다. 그녀는 교육부에 근무하는 한 하급 관리와 결혼해버리고 말았다.

그녀는 몸치장을 하고 싶어도 그럴 형편이 못 되어 소박하게 지냈지만 마치 갑자기 신분이 추락해버린 여자처럼 불행하게 지냈다. 여자에게는 사실 신분이나 혈통은 별 의미가 없다. 그들이 지닌 아름다움과 매력이 곧 그들의 가문과 태생 구실을 해주기 때문이다. 타고난 재간, 본능적 우아함, 유연한 마음씨만이 여자들의 유일한 서열 기준이며, 그것들이 평범한 신분의 여자도 높은 신분의 귀부인과 나란히 설 수 있게 해준다.

자신은 온갖 좋은 것, 값진 것을 누리기 위해 세상에 태어났다고 생각하고 있던 만큼 마틸드(그녀의 이름이었다)에게는 매일 매일이 고통의 연속이었다. 초라한 집, 얼룩진 벽, 부서져가는 의자, 흉한 옷맵시 등 그녀를 둘러싸고 있는 모든 것들이 그녀를 괴롭게 했다. 같은 신분의 다른 여자라면 그다지 개의치도 않았을 그런 모든 것이 그녀를 괴롭히고 부아를 돋웠다. 그녀의 초라한 가정 일을 돌보고 있는 브르타뉴 태생의 소녀를 볼 때마다 그녀는 절망적인 안타까움을 느꼈고 미칠 것만 같은 꿈이 꿈틀거리곤 했다.

그녀는 동양풍의 벽걸이가 걸려 있고 청동으로 된 큰 촛대가 높은 곳에서 빛나고 있는 응접실에서, 짧은 바지에 몸집이 큰 두 하인이 의자에 묻힌 채 따뜻한 분위기에 젖어 깜박 졸고 있는 그런 광경을 꿈에 그리고 있었다. 그녀는 고풍스런 비단이 깔린 널따란 객실도 꿈꾸었다. 더없이 귀한 골동품으로 장식한 으리으리한 가구, 아주 가까운 친구들—여자란 여자는 모두가 남들의 주의를 끌고 부러워하는 유명인들뿐인 그런 가까운 친구들과 오후 5시의 잡담을 위해 마련한 그윽한 향기로 가득 찬,

멋진 작은 응접실을 꿈꾼다.

저녁을 먹기 위해 사흘이나 빨지 않은 식탁보를 씌운 둥근 식탁 앞에 남편과 마주 앉으면 남편은 수프 그릇 뚜껑을 열며 "야! 수프가 맛있겠는데! 이보다 맛있는 건 못 먹어봤어"라고 즐거운 표정으로 말하곤 했다. 그때마다 그녀는 으리으리한 만찬을, 번쩍거리는 은제 식기, 요정이 사는 숲속의 새들과 고대의 인물이 새겨진 양탄자가 걸려 있는 벽을 생각했고, 희한한 그릇에 담아 내놓은 음식들, 붉은 연어 고기나 병아리의 날개살을 입에 넣으며, 스핑크스의 미소를 띤 채 주고받는 우아한 대화들을 머리에 떠올렸다.

그녀에게는 화사한 옷도 없었고 장신구도 없었으며 무엇 하나 지닌 게 없었다. 그런데도 그녀는 그러한 것들만 좋아했다. 자신은 그런 것들에 걸맞게 태어났다고 느끼고 있었다. 그녀는 사람들의 마음에 들기를, 그들이 자신을 부러워하기를, 자신이 사람들의 화제의 대상이 되기를 간절히 바랐다.

그녀에게는 돈 많은 친구가 하나 있었다. 수도원 기숙사 동창이었는데 그녀는 그 친구를 찾아가기를 꺼려했다. 만나고 돌아올 때의 마음이 너무 괴로웠던 것이다. 그 친구를 만나고 오면 분하고 억울해서, 절망감에 며칠 밤을 울며 지새우는 때도 있었다.

그러던 어느 날 저녁이었다. 손에 큰 봉투를 들고 집으로 돌아온 남편이 의기양양한 표정으로 말했다.

"이것 봐, 이거, 당신에게 주는 선물이야."

그녀는 급히 봉투를 찢고는 인쇄한 카드를 꺼냈다. 거기에는 다음과 같이 적혀 있었다.

> 교육부 장관과 조르주 램포노 부인은 루아젤 씨와 부인을 오는 1월 8일 월요일 밤 관저로 초대합니다.

그러나 남편의 기대처럼 기뻐하기는커녕, 아내는 뚱한 표정으로 식탁 위에 초대장을 내던지면서 중얼거렸다.

"그래, 어떻게 하라는 거예요?"

"아니 여보, 난 당신이 기뻐할 줄 알았는데. 여간해서 외출하는 일도 없으니 이건 참 좋은 기회야. 얼마나 힘들 게 얻은 건데……. 다들 갖고 싶어 했다니까. 희망자가 많고 더구나 아랫사람들에겐 몇 장 나오지 않는 거야. 유명한 사람들이 거의 다 참석할 거야."

아내는 화난 눈초리로 남편의 얼굴을 쳐다보다가 참을 수 없다는 듯 소리쳤다.

"도대체 거기에 뭘 입고 가라는 거예요!"

남편은 미처 그 생각은 못 했다는 듯 말을 더듬었다.

"하지만 극장에 갈 때 입는 옷이 있잖아. 내게는 그 옷이 참 좋아 보이던데……."

남편은 그렇게 더듬더듬 말하다가 아내가 울고 있는 것을 보고는 입을 다물고 멍해진 채 어쩔 줄 몰랐다. 커다란 눈물방울이 아내의 두 눈 끝에서 양쪽 입가로 주르르 흘러내린 것이다.

"왜, 왜 그래?" 남편이 물었다.

아내는 간신히 슬픔을 억누르고 젖은 뺨을 닦으면서 차분한 목소리로 말했다.

"아무것도 아녜요. 다만, 제겐 나들이옷이 없어요. 그러니까 그 야회에는 갈 수 없어요. 나보다 좋은 옷을 가진 부인이 있는 동료가 있다면, 그 사람에게 초대장을 드리세요."

잠시 어쩔 줄 모르던 남편이 아내에게 되물었다.

"여보, 마틸드, 얼마쯤이면 되겠어? 그런 곳에 입고 나가도 부끄럽지 않고 다른 때도 입을 만한 옷이? 좀 수수한 옷 말이야."

그녀는 잠시 생각에 잠겼다. 여러 가지 계산을 하면서 벌이가 시원치 않은 하급 관리인 남편이 깜짝 놀라 대뜸 비명을 지르며 거절하지 않을 한도 내에서 요구할 수 있는 금액이 얼마나 될까를 생각하고 있었다.

마침내 주저주저하면서 그녀는 대답했다.

"정확히는 알 수 없지만 400프랑 정도면 어떻게든 될 거 같아요."

남편의 얼굴이 약간 창백해졌다. 엽총을 사서 요다음 여름에 친구들 네다섯 명과 함께 낭테르 근교로 사냥을 갈 요량으로 그가 마련해둔 돈이 정확히 그 액수였던 것이다. 일요일마다 그쪽으로 종달새를 잡으러 가곤 하는 친구들이었다.

하지만 남편은 대답했다.

"좋아. 당신에게 400프랑을 주겠어. 대신 고운 옷을 마련해야 해요."

파티 날이 가까워 왔다. 그런데 루아젤 부인은 여전히 무언가 우울하고 불안해했으며 안절부절못하는 듯이 보였다. 나들이옷이 준비되어 있었는데도 말이다. 어느 날 저녁 남편이 물었다.

"당신 왜 그래? 사흘 전부터 좀 이상해 보여."

아내가 대답했다.

"보석 장신구가 하나도 없어요. 몸에 붙일 장신구가 하나도 없단 말이에요……. 얼마나 궁색해 보이겠어요. 그날 저녁 모임엔 아예 안 가는 게 낫겠어요."

남편이 대꾸했다.

"꽃이라도 달면 되잖아. 계절이 계절인 만큼 멋있을걸. 10프랑쯤 내면 아주 멋진 장미꽃 두세 송이는 살 수 있을 거야."

아내는 좀체 받아들이지 않았다.

"싫어요. 돈 많은 여자들 틈에 끼어 궁색한 꼴을 보이는 게 얼마나 창피한 일인데……."

그러자 남편이 큰 소리로 말했다.

"당신 참 바보로군! 당신 친구 포레스티에 부인을 찾아가서 보석 좀 빌려달라고 부탁해보면 되잖아. 당신과 친한 사이니까 그런 부탁쯤은 들어줄 거야."

아내는 기쁨의 탄성을 질렀다.

"정말 그러네! 어쩜 그 생각을 못 했을까."

이튿날 그녀는 친구 집에 찾아가 자신의 딱한 처지를 이야기했다. 포레스티에 부인은 거울 달린 장롱 쪽으로 가서 커다란 상자를 꺼내 뚜껑을 열며 루아젤 부인에게 말했다.

"자, 골라 봐."

루아젤 부인은 먼저 팔찌를 보고 이어서 진주 목걸이, 다음에는 멋지게 세공(細工)한 금과 보석이 박힌 베네치아제 십자가를 살펴보았다. 그녀는 거울 앞에 서서 이것저것 달아보면서 망설이기만 했다. 그 어떤 것도 마음에 꼭 들지 않았고 그렇다고 포기하기도 어려웠던 것이다.

"다른 건 없어?"

"왜, 있지. 자, 네가 찾아봐. 어떤 게 네 마음에 들지 난 모르니까."

그때 루아젤 부인은 까만 비단으로 싸인 상자 속의 찬란한 다이아몬드 목걸이를 발견했다. 그녀는 너무나 탐이 나서 가슴이 울렁거렸다. 그것을 집는 그녀의 손이 떨렸다. 그녀는 깃을 세운 옷 위에 목걸이를 매고는 거울을 보면서 황홀경에 빠졌다. 그러고는 주저하며, 불안에 찬 소리로 물었다.

"이거 빌려줄 수 있어? 바로 이거 말이야."

"그럼, 그럼, 물론이지."

루아젤 부인은 친구의 목을 휘감은 채 마구 입을 맞추고는 보석을 가지고 도망치듯 돌아갔다.

야회 날이 되었다. 루아젤 부인은 대성공을 거두었다. 어느 여자보다도 아름다웠으며 우아했고 상냥했다. 그녀는 명랑하게 웃었으며 너무 기뻐서 정신이 없었다. 남자란 남자는 모두 그녀에게 시선을 집중했고 그녀의 이름을 물었으며 그녀를 소개받고 싶어 했다. 정부의 높은 사람들은 모두 그녀와 함께 왈츠를 추고 싶어 했다. 장관까지도 그녀를 눈여겨보았다.

그녀는 즐거움에 취해 정신없이 정열적으로 춤을 추었다. 그녀의 미모의 승리 속에서, 영광된 성공 속에서, 온갖 찬사와 경탄과 되살아난 온갖 욕망으로 이루어진 행복의 구름 속에서, 그녀는 모든 것을 잊었다. 여인의 마음을 달콤하게 만드는 그 모든 것들에 취해서……. 새벽 4시경에야 파티는 끝이 났다. 남편은 자정이 지나자 다른 세 사람의 신사와 함께 사람이 없는 조그만 방에서 잠들어 있었다. 이 세 신사의 부인들도 신나게 무도회를 즐기고 있었던 것이다.

남편은 아내의 어깨 위에, 돌아갈 때 입으려고 가져온 옷을 걸쳐주었다. 평상시 입는 소박한 옷이어서 그 초라함이 무도회 의상의 화려함과는 너무나도 어울리지 않았다. 그녀는 그것을 느끼고는 어디론가 숨어버리고 싶은 심정이었다. 화사한 모피를 휘감은 부인들 눈에 띄고 싶지 않았던 것이다.

남들의 눈을 피해 황급히 밖으로 나가려는 그녀를 남편이 제지했다.

"기다려요. 그대로 밖에 나갔다간 감기 걸리기에 딱 좋아. 내가 마차를 불러올게."

그러나 그녀는 귀담아 듣지도 않고 재빨리 계단을 내려가고 말았다. 두 사람이 거리에 나오니 마차라곤 한 대도 없었다. 그들은 멀리 달려가는 마차꾼들을 부르면서 마차를 찾기 시작했다.

그들은 맥이 빠져 추위에 벌벌 떨며 센강 둑 쪽으로 내려갔다. 겨우 강가에서 마차 한 대를 잡았다. 밤에만 나타나는 헐어빠진 사륜마차로 대낮의 파리에서는 그 초라한 행색을 드러내기가 부끄러운 듯, 해가 저물기 전에는 볼 수 없는 것이었다.

이 누더기 마차가 두 사람을 마르티르가의 그들의 집까지 데려다주었고 그들은 침울한 기분으로 집으로 들어갔다. 그녀로서는 모든 것이 끝난 것이다. 루아젤은 10시까지는 출근해야 하는데, 라는 생각만 하고 있었다.

그녀는 어깨를 감싼 옷을 벗어 던지고는 거울 앞에 서서 다시 한번 영광 속의 자기 모습을 바라보려 했다. 그러다가 그녀는 갑자기 비명을 질렀다. 목에 목걸이가 걸려 있지 않았던 것이다!

이미 반쯤 옷을 벗고 있던 남편이 물었다.

"왜 그래?"

아내는 새파랗게 질린 채 남편을 돌아보았다.

"그…… 글쎄…… 포레스티에 부인에게서 빌려온 목걸이가 없어졌어요."

남편은 아연실색해서 벌떡 일어섰다.

"뭐!…… 뭐라고……. 설마!"

둘은 함께 드레스 갈피, 망토의 구석구석과 주머니 속까지 다 찾아보았다. 그러나 목걸이는 아무 데서도 보이지 않았다.

남편은 몇 번이나 물었다.

"무도회에서 나올 때는 갖고 있던 게 분명하지?"

"분명해요. 관저 현관을 나올 때 손으로 만져본걸요."

"하지만 거리에서 없어졌다면 떨어지는 소리라도 났을 텐데. 마차에서 떨어뜨린 게 틀림없어."

"그래요. 그런 것 같아요. 마차 번호 기억하세요?"

"아니, 당신은? 당신은 번호 보았소?"

"못 봤어요."

두 사람은 겁에 질린 채 얼굴을 마주 보았다. 결국 루아젤은 다시 옷을 입었다.

"우리가 걸었던 길을 다시 한번 살펴야겠어. 혹 찾을 수 있을지도 몰라."

그런 후 그는 밖으로 나갔다. 그녀는 야회복을 그대로 입은 채, 침대에 들어갈 힘도 없어 털썩 의자에 주저앉았다. 그녀는 차가운 방 안에서 아무것도 생각할 기력도 없이 꼼짝 않고 있었다.

남편은 7시경에 돌아왔지만 허탕이었다.

그는 경찰서에도 가고 신문사에도 가서 현상 수속을 밟았다. 마차 회사에도 가보았다. 그리고 조금이라도 희망이 보일 만한 곳은 모두 돌아다녔다.

아내는 하루 종일 이 무서운 재난 앞에 어쩔 줄 몰라 하며 혼나간 사람처럼 절망적인 상태에서 남편을 기다렸다.

저녁에 루아젤은 창백한 얼굴로 돌아왔다. 아무런 수확도 없었다.

"당신, 친구에게 목걸이 고리가 망가져서 고치러 보냈다고 편지를 써야겠어. 그동안에 무슨 수를 써봐야지."

아내는 남편이 일러주는 대로 편지를 썼다.

일주일이 지나자 모든 희망이 사라졌다. 갑자기 나이가 대여섯 살 더 들어버린 것 같은 루아젤이 결심한 듯 말했다.

"다른 목걸이로 대신하는 방법을 찾는 수밖에 없어."

이튿날 부부는 목걸이가 들어 있던 상자를 들고 상자 속에

쓰여 있는 이름의 보석상을 찾아갔다. 보석상은 장부를 조사해 보더니 머리를 저었다.

"그 목걸이는 저희가 판 것이 아닙니다, 부인. 저희는 상자만 드렸을 뿐인데요."

두 사람은 이 보석상에서 저 보석상으로 기억을 더듬으며 비슷한 목걸이를 찾아 헤맸다. 둘 다 비탄과 번뇌로 앓는 사람들 같았다.

팔레 루아얄의 어느 상점에서 두 사람은 찾고 있는 다이아몬드 목걸이와 똑같아 보이는 다이아몬드를 찾아냈다. 4만 프랑이었다. 3만 6,000프랑까지는 깎아준다는 것이었다.

두 사람은 3일간 팔지 말도록 보석상에게 부탁했다. 그리고 목걸이를 산 뒤 2월 말까지 만약 먼저의 목걸이가 발견되면 3만 4,000프랑을 돌려받을 약속도 해놓았다.

루아젤에게는 부친이 남겨준 유산 1만 8,000프랑이 있었다. 나머지는 빌릴 수밖에 없었다.

그는 돈을 꾸었다. 이 사람에게 1,000프랑, 저 사람에게 500프랑 하는 식으로 부탁하고 여기서 5루이, 저기서 3루이를 꾸어 꽤 여러 장의 증서를 썼다. 치명적인 조건을 받아들이기도 하고, 고리대금업자와도 거래를 하는 등 돈을 빌릴 수 있는 곳이라면 모두 신세를 졌다. 나머지 반평생을 몽땅 바친다고 해도 감당할 수 있을지 생각지도 않은 채 서류에 마구 서명을 했다. 그러고는 미래의 불안에 떨며, 금후 자기에게 닥쳐올 절망적인 생활과 모든 물질적 부자유, 정신적 고뇌를 고스란히 떠안은 채 새 다이아몬드 목걸이를 사기 위해 보석상의 계산대 위에 3만 6,000프랑이란 돈을 올려놓았다.

루아젤 부인이 포레스티에 부인에게 목걸이를 돌려주러 갔을 때 그녀는 감정이 상한 듯 쌀쌀맞게 말했다.

"좀 더 일찍 가져왔어야지. 내가 필요할 수도 있었잖아."

포레스티에 부인은 상자 뚜껑을 열어보지도 않았다. 그것은 루아젤 부인이 은근히 마음속으로 두려워하던 것이었다. 만약 물건이 바뀐 것을 알아차린다면 어떻게 생각할까? 뭐라고 말할까? 자신을 도둑으로 생각하지는 않을까?

그때부터 루아젤 부인은 가난의 무시무시한 고통을 감수할 수밖에 없었다. 하지만 그녀는 꿋꿋하게 그것을 이겨나갔다. 어서 무서운 빚을 갚아야만 했다. 그것도 바로 그녀가 갚아야만 했다. 그녀는 식모를 내보내고 이사를 해야 했다. 그들은 지붕 밑 다락방에 세를 냈다.

그녀는 고된 살림살이, 끔찍한 부엌일의 맛을 제대로 보았다. 식기도 손수 씻었다. 장밋빛 손톱은 기름 묻은 질그릇과 냄비 바닥을 닦느라 닳아버렸다. 더러운 속내의, 셔츠, 걸레도 직접 빨아 줄을 매고 널어 말렸다. 매일 아침, 큰길까지 부엌 쓰레기를 운반하고 물을 길어 올렸다. 하층 계급 여자들 같은 차림마저 꺼리지 않고 바구니를 팔에 낀 채 과일 가게에, 잡화점에, 정육점에 가서 에누리도 했으며, 막된 말을 들으면서도 한 푼이라도 아꼈다.

매달 어음을 지불해야 했으며, 시간을 벌기 위해 어음을 새로 작성하는 일도 있었다.

남편은 매일 밤 한 상점에서 장부 정리 일을 했다. 이따금 한 페이지 당 5수를 벌기 위해 밤까지 장부를 베끼는 일도 했다.

그런 생활이 십 년 동안 계속되었다.

십 년이 지나서야 두 사람은 한 푼 남기지 않고 빚을 갚을 수 있었다. 고리대금의 터무니없는 이자, 쌓이고 쌓인 이자까지 모두 청산한 것이다.

루아젤 부인은 이제 폭삭 늙어버렸다. 강하고 우락부락하고 지독한 여자가, 가난에 찌든 단단하고 거친 여편네가 되었다. 머리도 제대로 빗지 못하고 치마가 모양 없이 구겨져도 태연

했고, 붉은 손을 하고, 굵은 목소리로 지껄이고, 물을 풍덩풍덩 쓰면서 마루를 닦았다. 그렇지만 이따금 남편이 직장에 나가고 없는 동안 창가에 앉아서 그 옛날 자기가 그렇게도 아름다웠고 그렇게도 눈길을 받으며 여왕처럼 행세했던 무도회를 회상하곤 했다.

그 목걸이를 잃어버리지 않았더라면 어떻게 되었을까? 그 누가 알겠는가! 인생이란 얼마나 기묘하며 변하기 쉬운 것인가! 그렇게 작은 것 하나로도 사람을 제대로 만들기도 하고 파멸에 빠지게도 하다니!

어느 일요일, 일주일 동안의 고된 일상에 지친 몸을 추스르려고 그녀가 샹젤리제를 산책할 때였다. 갑자기 아이와 함께 산책하고 있는 한 여인의 모습이 눈에 들어왔다. 포레스티에 부인이었다. 여전히 젊고 아름다웠으며 매력적이었다.

루아젤 부인은 무언가 가슴속으로 뭉클 치밀어 오르는 것을 느꼈다. '말을 할까? 그래, 말해줘야지. 이제 빚을 몽땅 청산했으니 전부 말해야지. 못 할 게 뭐 있어.'

그녀는 포레스티에 부인 곁으로 가까이 갔다.

"잘 있었어, 잔느?"

상대는 그녀의 모습을 알아보지 못한 채, 허름한 아낙네 차림의 여인이 자신을 허물없이 부르는 데 놀라 더듬더듬 물었다.

"저 실례지만……, 저는 잘 모르겠는데…… 혹시 잘못 보신 건 아닌지……."

"쟌느, 나 마틸드 루아젤이야."

상대는 깜짝 놀라 소리쳤다.

"뭐……? 마틸드? 너 정말 변했구나……!"

"그래, 정말 힘들었거든. 그때 너를 만나고부터야……. 너무 고생했단다. 그것도 너 때문이었어!"

"나 때문이라고? 무슨 말이니?"

"너 기억나니? 그 다이아몬드 목걸이 말이야. 관저 야회에 갈 때 네게 빌렸던 거?"

"그럼 기억해. 그런데?"

"그게 말이야, 그걸 내가 잃어버렸었어."

"뭐라고? 하지만 돌려줬잖아."

"아주 비슷한 다른 걸로 돌려준 거야. 그 빚을 갚는 데 꼭 십 년이 걸렸단다. 우리처럼 아무것도 없는 처지로선 정말 쉽지 않았다는 걸 알겠지? 아무튼 겨우 끝이 난 셈이야. 이제야 마음을 놓겠어."

포레스티에 부인은 우뚝 걸음을 멈추었다.

"내 것 대신 다른 다이아몬드 목걸이를 샀단 말이니?"

"응, 그래. 너 정말 몰랐었구나. 하긴 똑같은 목걸이였으니까."

그녀는 자랑스럽기도 하고 순진해 보이기도 하는 미소를 띠면서 기쁜 목소리로 말했다. 포레스티에 부인은 기가 막힌다는 표정으로 친구의 양손을 잡았다.

"어쩜! 이를 어쩌면 좋아, 마틸드! 내 목걸인 가짜였어! 기껏해야 500프랑밖에 안 나가는 물건이었어!"

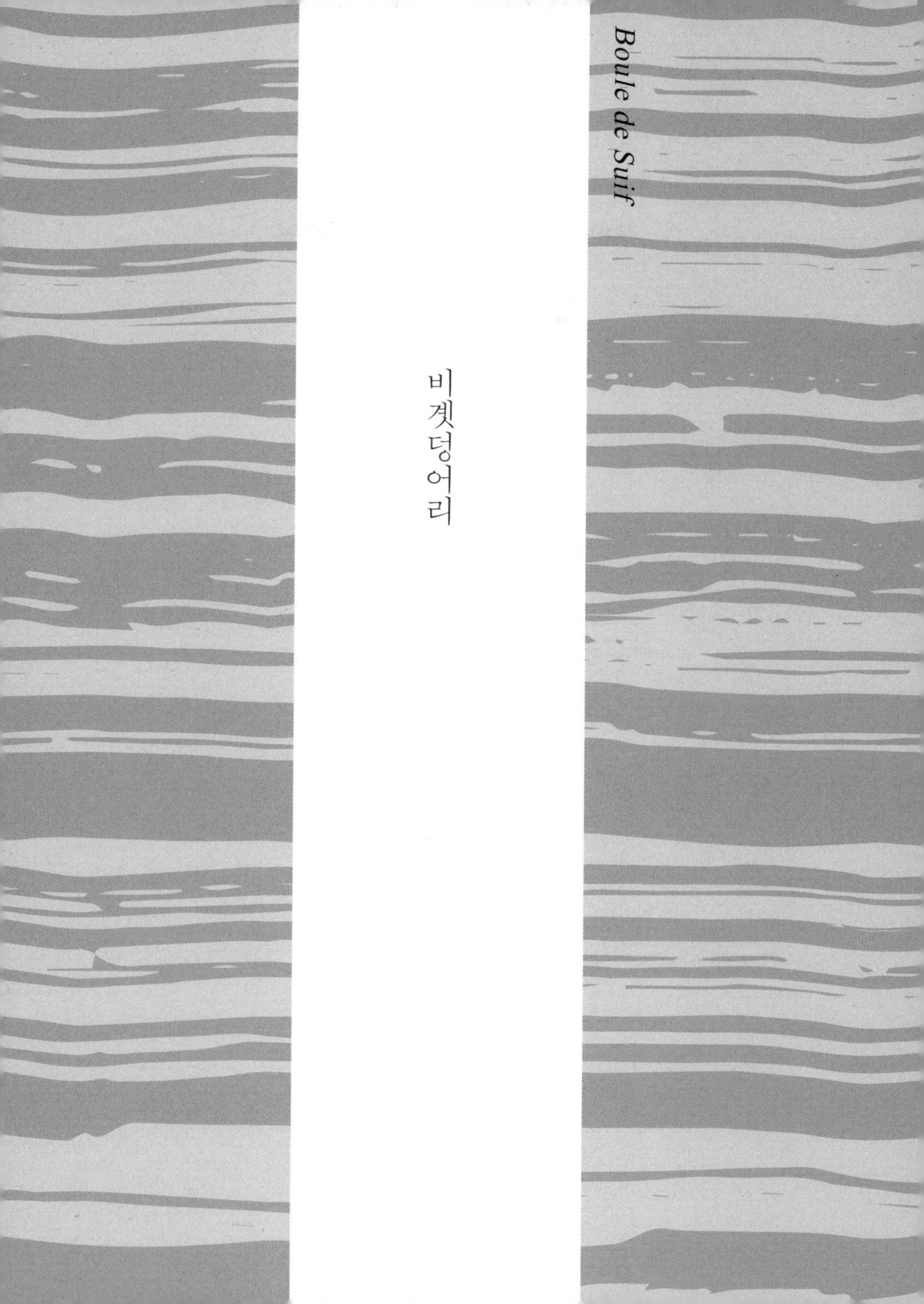

Boule de Suif

비곗덩어리

비곗덩어리

며칠 동안 계속해서 패잔병들이 거리를 지나갔다. 그들은 군대가 아니라 지리멸렬한 오합지졸들이었다. 모두들 수염이 길게 자라 지저분했으며 누더기 같은 군복을 걸치고, 깃발도, 지휘관도 없이 축 늘어져서 걷고 있었다. 누구 할 것 없이 기진맥진해 있어 아무 생각도, 작정도 없이 그저 타성만으로 걸음을 옮기고 있었으며, 발걸음을 멈추는 순간 금방 피로로 인해 그 자리에 쓰러졌다.

소총의 무게에 짓눌려 허리를 펴지 못하는 동원병들의 모습이 자주 눈에 띄었는데 그들은 본래 유순한 사람들로서, 연금으로 조용하게 살던 사람들이었다. 걸핏하면 겁을 먹고 곧잘 흥분하며, 돌격할 때나 후퇴할 때나 언제나 재빠른 어린 의용병들도 있었고, 큰 전투에서 궤멸한 정규 사단의 패잔병인 붉은 바지 차림의 사내들도 끼어 있었다. 침울한 포병들이 각양각색의 이들 보병들과 함께 줄지어 가고 있었다. 이따금 무거운 발을 이끌고 자신보다는 발걸음이 가벼운 보병들을 힘겹게 뒤쫓아 가는 용기병(龍騎兵)의 번쩍거리는 군모가 눈에 띄기도 했다.

이어서 '패배의 복수자—무덤의 시민—결사대' 등의 용맹한 칭호를 붙인 비정규군들이 산적 무리들처럼 지나갔다. 그들의 지휘관들은 어쩌다가 군인이 되어, 돈이 많다거나 수염이 길다는 이유로 장교로 임명된, 왕년의 포목상, 곡물상, 기름 장수 혹은 비누 장수들이었다. 그들은 무기를 들고 계급장을 잔뜩 단 채, 쩡쩡 울리는 목소리로 작전 계획을 논의했으며, 빈사 상태에 빠진 조국 프랑스를 오로지 자신의 어깨만이 떠받치고 있다는 듯 허세를 부렸다. 그러나 그들은 가끔 만용을 부리며 약탈과 방탕을 일삼는 그들 휘하의 포악한 병정들을 두려워하고 있었다.

프로이센군이 루앙으로 진격해 온다는 말이 떠돌았다.

두 달 전부터 국민병들이 근방에 있는 숲속에서 매우 조심스럽게 정찰을 했고 이따금 실수로 자기 편 보초병을 쏘기도 했으며 덤불 밑에서 토끼 새끼가 부스럭 움직이기만 해도 전투태세를 취하곤 했었지만, 그들은 이미 각자의 집으로 돌아가버렸다. 그들의 무기와 군복, 예전에 국도 연변의 30리 안팎을 위협하던 모든 살육 도구 일체가 홀연 그 자취를 감추고 말았다.

제일 뒤에 처진 프랑스 병사들마저 드디어 센강을 건너 생스베르와 부르아샤르를 거쳐 퐁토드메르 다리로 향하고 있었다. 그 맨 뒤로는 절망에 빠진 장군이 두 부관의 부축을 받으며 걸어가고 있었다. 그는 질서를 잃어버린 이 오합지졸들로는 그 어떤 것도 해볼 도리가 없다는 사실, 언제나 승리에 익숙해 있던 민족이 그 전설적인 용기를 발휘했음에도 불구하고 무참하게 패배하고만 사실 때문에 스스로 넋이 빠져 있었다.

얼마 후, 이 도시 위로 깊은 정적과 공포에 짓눌린 고요한 기다림이 찾아왔다. 장사에 길들여져 나약해진 많은 배불뚝이 부르주아들은 고기를 굽는 쇠꼬챙이나 커다란 부엌칼을 무기로 보면 어쩌나 겁을 내면서 정복자들을 불안한 마음으로 기다리고 있었다.

삶이 정지된 것 같았다. 상점들은 문을 닫고 거리에는 침묵이 흘렀다. 이따금 이 침묵에 겁을 먹은 주민이 벽에 몸을 붙이고서 바쁜 걸음으로 줄달음쳐 가곤 했다.

프랑스군이 떠나간 다음 날 오후에, 어디서 왔는지 알 수 없는 프로이센 창기병들이 급히 이 거리를 지나갔다. 그러고 나서 얼마 후에 검은 옷의 무리들이 생카트린 언덕을 내려왔으며, 또 다른 두 갈래의 침략군의 물결이 다르느탈과 부아기욤가도 쪽에서 나타났다. 이 세 부대의 전위 부대는 같은 시각에 시청 광장에 합류했다. 이어서 인접해 있는 길들을 통해서 질서 정연한 발걸음으로 프로이센 군대의 대열이 포도(鋪道)를 울리며 행진해 왔다.

목에 힘을 준 알아듣기 힘든 명령 소리들이 쥐죽은 듯 인기척 없는 집들에 울려 퍼졌으며 닫아놓은 덧문 뒤에서는 사람들의 눈이 '전쟁의 권리'에 의해서 이 도시의 재산과 생명의 주인이 된 승리자들을 엿보고 있었다. 주민들은 컴컴한 방 안에서, 온갖 지혜와 힘을 짜내도 어쩔 수 없는 대홍수나 혹은 수많은 인명을 앗아가는 대지진을 당하기나 한 것처럼 공포에 떨고 있었다. 기성 질서가 뒤집히거나 안정 상태가 무너져, 인간의 법칙 또는 자연의 법칙의 보호를 받고 있던 것들이 몰지각하고 잔인한 야만의 힘에 의해 내팽개쳐졌을 때에 반드시 나타나기 마련인 그런 감정이었다.

집들을 무너뜨려 사람들을 모조리 그 밑에 깔아 죽이는 지진, 죽은 소들과 지붕에서 떨어져 나온 들보들과 함께 물에 빠진 농부들을 휩쓸고 가는 범람한 강물, 방어하는 사람들을 학살하고 남은 사람들을 포로로 끌고 가며 총칼의 이름 아래 약탈을 자행하고 포성을 울리며 자기네 신에게 감사를 드리는 승리의 군대 등은 모두 영원한 정의에 대한 모든 신념과, 우리가 배운 하늘의 가호와 인간의 이성에 대한 모든 신뢰를 뒤흔들어 버리는 무서운 재앙들이다.

집집마다 병사들이 나타나 문을 두드리더니 집 안으로 사라졌다. 피정복자들은 정복자들에게 친절을 베풀어야만 한다는 것을 알고 있었던 것이다.

얼마 지나지 않아, 최초의 공포가 일단 사라지고 다시 평온이 찾아왔다. 많은 집 안에서는 프로이센 장교가 상머리에 앉아서 식사를 했다. 이따금 교양 있게 자란 사람도 끼어 있어서, 체면상 프랑스를 동정하고, 이러한 전쟁에 참여한 데 대한 고충을 털어놓기도 했다. 사람들은 그런 생각을 해주는 데 대해 고마워했다. 게다가 언젠가는 그의 보호를 필요로 할 때가 있을지도 모르는 일이었다. 그에게 잘 대해주면, 먹여주어야 할 병사를 덜 떠맡게 될지도 몰랐다. 자신을 완전히 지배하고 있는 자의 감정을 무엇 때문에 해친단 말인가? 그러한 짓은 용감하다기보다는 무모한 짓일 것이다.

영웅적으로 자기 도시를 방어해서 그 이름을 빛냈던 루앙의 시민들은, 이제는 더 이상 그렇게 무모할 만큼 용감하지는 않았다. 그러고는 마침내 프랑스적인 본래의 상냥함을 핑계로, 남이 보는 앞에서 외국 병사에게 친절하게 대하지만 않는다면야 집 안에서 친절하게 대하는 것은 무방하지 않겠느냐는 생각까지 하게 되었다. 바깥에서는 서로 아는 체하지 않았지만 집 안에서는 기꺼이 이야기를 나누었다. 그리고 프로이센 군인들이 저녁마다 가족이 함께 모여 있는 난롯가에서 불을 쬐며 머무르는 시간이 길어졌다.

도시 자체도 점차 평상시의 모습으로 되돌아가고 있었다. 프랑스 사람들은 아직은 밖으로 거의 나오지 않았으며 거리에는 프로이센 병정들이 우글대고 있었다. 또한 커다란 살인 도구를 질질 끌면서 오만스럽게 거리를 오가는 푸른 군복의 경기병 장교들도 지난해에 같은 카페에서 술을 마셨던 프랑스 용기병 장교들보다 일반 시민들을 특별히 더 멸시하는 것 같지는 않았다.

그렇지만 공기 중에는 무엇인가 미묘하고 알 수 없는 어떤 것, 견딜 수 없는 야릇한 분위기가 형성되어 있었고 침략자의 냄새가 널리 퍼져 있는 것 같았다. 이 냄새가 집 안이나 공공장

소에 가득 찼으며, 음식 맛을 변하게 했고, 아주 먼 곳의 위험스러운 야만족들이 사는 나라를 여행하고 있는 듯한 느낌을 갖게 했다.

정복자들은 돈을, 그것도 많은 돈을 강요했다. 주민들은 끊임없이 돈을 치르고 있었다. 하기는 주민들이 부자이기도 했으니까. 그러나 노르망디의 상인은 부자가 되면 될수록 제아무리 사소한 희생도 치르기 싫어하며 자기 돈이 한 푼이라도 남의 손으로 건너가는 것을 참지 못하고 괴로워한다.

그렇지만 읍내에서 20~30리쯤 강물을 따라 내려가면, 크로아세, 디에프, 비에시르 근방에서 뱃사공들이나 어부들이 군복을 입은 채로 퉁퉁 부은 프로이센 병사의 시체를 물속에서 끌어내는 경우가 흔히 있었다. 칼이나 몽둥이로 살해당했거나 돌로 머리가 깨졌거나, 혹은 높은 다리 위에서 떠밀려 물속에 빠져 죽은 시체였다. 강물 바닥의 진흙은 음산하고 살벌하며 그러면서도 정당한 이런 복수 행위, 알려지지 않은 이 영웅적인 행위, 대낮에 벌어지는 전투보다도 오히려 더 위험스럽고 승리의 나팔 소리도 울리지 않는 이 소리 없는 공격을 묻어버리고 있었다. 외국인에 대한 증오심은 언제나 대담한 사람들로 하여금 이념을 위해서 죽음을 무릅쓸 준비를 하게 하는 법인 것이다.

결국 침략자들이 엄격한 통제 밑에 온 도시를 굴복시키기는 했지만, 승리의 행군 중에 늘 그들이 행했던 악명 높은 무시무시한 짓을 여기에서는 전혀 저지르지 않았기 때문에 사람들은 대담해졌으며 상인들의 마음속에는 다시 장사를 해야겠다는 생각이 꿈틀거리기 시작했다. 몇몇 사람들은 프랑스군의 점령하에 있는 르아브르와 나름대로의 상업적 이해관계를 맺고 있었기에, 디에프까지 육로로 가서 거기서 배를 타고 르아브르 항구에 가려고 했다. 그들은 친해진 프로이센 장교들의 힘을 빌려서 사령관의 여행 허가증을 손에 넣었다. 마침내 여행에 사용할 커다란 사두마차가 마련되었으며, 모두 열 명의 자리를 예약했다. 마차는 화요일 아침, 사람들의 눈을 피해 해가 뜨기 전 출발하기로 결정되었다.

얼마 전부터 날씨가 꽤 추워지더니, 벌써 땅은 꽁꽁 얼어붙었으며, 월요일에는 3시경부터 북녘에서 밀려온 시꺼먼 구름이 눈을 몰고 와서 저녁 내내 그리고 밤새도록 쉴 새 없이 눈이 내렸다. 새벽 4시 반에 여행자들은 마차를 타기로 한 노르망디 호텔 마당에 모였다.

그들은 아직도 잔뜩 졸음에 취해 있었고, 담요를 두르고도 추위에 덜덜 떨고 있었다. 어두워서 서로 잘 보이지도 않았다.

무거운 겨울옷을 겹쳐 입고 있었기 때문에 누구 할 것 없이 긴 제의(祭衣)를 입은 살찐 성직자처럼 보였다. 그런데 그들 중 두 명의 남자가 서로를 알아보았고, 또 다른 한 사내가 그들에게 다가가서 말을 걸었다.

"난 아내를 데리고 왔습니다."

"나도 데리고 왔소."

"나 역시 그래요."

맨 먼저 말한 사람이 덧붙였다.

"우린 루앙으로 돌아오진 않겠어요. 만약에 프로이센군이 르아브르까지 진격해 온다면 우린 영국으로 건너가겠어요."

비슷한 처지의 사람들이었기 때문에 계획 또한 똑같았다. 그런데 아직 마차에 말이 매어 있지 않았다. 이따금 마부의 손에 들린 조그마한 등불이 컴컴한 문으로부터 나왔다가는 금방 다른 쪽 문으로 사라지곤 했다. 말들은 말똥으로 범벅이 된 두엄 위에서 발굽을 구르고 있었다. 짐승들을 향해서 욕지거리를 하는 소리가 건물 안에서 들려왔다. 가볍게 방울이 짤랑거리는 것으로 보아 마구를 만지고 있다는 것을 알 수 있었다. 짤랑거리는 방울 소리는 짐승의 움직임에 따라서 곧 또렷하고 장단이 맞는 울림 소리가 되었다. 방울 소리는 간간이 그쳤다가 편자를 붙인 말굽이 땅을 구르는 둔중한 소리와 더불어 급격히 흔들려 다시 들려오곤 했다.

갑자기 문이 닫혔다. 모든 소리가 뚝 그쳤다. 추위에 얼어붙은 사람들은 입을 다물고 있었다. 그들은 꼼짝도 않고 뻣뻣하게 얼어붙어 있었다.

하얀 눈송이의 장막이 끊임없이 땅으로 내려오면서 쉴 새 없이 번쩍거렸다. 그 눈은 온갖 형태를 지워버리고 모든 것을 얼음의 장막으로 덮어버렸다. 겨울에 파묻힌 고요한 거리의 깊은 침묵 가운데에서, 내리는 눈송이의 유동적이고 형용할 수 없는 어렴풋한 스치는 소리만이 들려올 뿐이었다. 그것은 소리라기보다는 차라리 감각이었다. 그것은 이 공간을 메우고 온 세상을 감싸는 듯한 가뿐한 미립자들이 서로 얽히는 감각이었다.

등불을 들고 사람이 다시 나타났다. 나오기 싫어하는 처량한 말을 고삐 끝으로 끌어당긴 그는 말을 마차에 매고 멍에끈을 맸다. 한 손에는 등불을 들고 있어서 한쪽 손밖에는 쓰지 못했기 때문에 마구를 단단히 매느라고 한참 동안 빙빙 돌아야만 했다. 그는 두 번째 말을 끌고 오려다가 승객들이 모두들 벌써 하얗게 눈을 뒤집어 쓴 채 꼼짝하지 않고 있는 것을 보더니 말했다.

"왜 마차에 타지들 않으세요? 그래도 눈은 피할 수 있을 텐데요."

그들은 미처 그런 생각을 하지 못했었다. 그들은 서둘러 마차에 올랐다. 세 사람의 남자들은 그들의 아내들을 안에 앉히고 뒤따라 올랐다. 이어서 형체를 분간할 수 없을 만큼 눈을 뒤집어 쓴 나머지 사람들이 말 한 마디 주고받지 않은 채 뒷자리를 차지했다.

바닥에는 짚이 깔려 있어서 그 속에 발을 묻을 수 있었다. 안쪽에 앉은 부인들은 화학 연료를 사용하는 작은 놋쇠 난로를 가지고 와서 거기에 불을 붙이고는 낮은 목소리로, 그녀들이 이미 오래전부터 알고 있던 난로의 장점에 대해 이것저것 이야기를 늘어놓았다.

마침내 마차가 준비를 끝냈다. 평시보다 마차 끌기가 더 힘들 것 같아서 네 마리가 아닌 여섯 마리의 말을 마차에 맸다. 밖에서 묻는 소리가 들렸다.

"다들 타셨나요?"

"그렇소." 안에서 누군가 대답했다. 마차가 출발했다.

마차는 천천히, 천천히, 조심조심 전진했다. 바퀴가 눈 속에 푹푹 빠졌다. 차체가 온통 둔중하게 삐걱거렸다. 짐승들은 미끄러지며 숨을 몰아쉬고 있었다. 마부의 어마어마한 채찍은 쉴 새 없이 윙윙 소리를 내면서, 불끈 힘을 쓰느라고 불룩 솟은 말의 엉덩이를 마치 실뱀처럼 꿈틀거리면서 찰싹, 찰싹 갈기곤 했다.

날은 서서히 밝아왔다. 루앙의 토박이 승객 한 사람이 목화비라고 비유했던 가벼운 눈송이도 이젠 내리지 않았다. 어둡고 묵직한 두꺼운 구름을 뚫고 뿌연 햇빛이 새어 나왔다. 들판에는 서리가 내린 커다란 나무들이 줄지어 나타나기도 했고 때로는 감투처럼 눈을 뒤집어쓴 오두막집이 모습을 드러내기도 했다.

마차 안에서 사람들은 이 새벽의 처량한 밝음을 이용해, 서로서로를 호기심에 가득 찬 눈으로 바라보고 있었다.

맨 안쪽의 제일 좋은 자리에는, 그랑퐁가의 부유한 포도주상인 루아조 부부가 마주 앉아 졸고 있었다.

포도주 상점의 점원이었던 루아조는 사업에 실패한 주인으로부터 영업권을 모두 사들인 다음, 수완을 발휘해 돈을 벌었다. 그는 시골의 영세 소매상들에게 아주 질이 나쁜 포도주를 헐값으로 팔았다. 그를 아는 사람들이나 친구들 사이에서는 술책이 능란하고 능글맞은 노르망디의 본토박이 장사꾼으로 알려져 있었다.

그의 속임수에 대한 명성이 어찌나 높았던지는 다음과 같은 일화에서도 엿볼 수 있다. 어느 날 저녁, 지사관저에서 우화와 상송 작가이며 신랄하고 날카로운 재능으로 이 고장에서 이름이 높은 투르넬 씨가 꺼덕꺼덕 졸고 있는 부인들에게 루아조 볼르(Loiseau vole. 새가 난다, 루아조가 훔친다의 둘로 해석될 수 있음. 같은 발음과 철자로서 두 가지 뜻을 표현할 수 있는 데서 오는 말장난 - 옮긴이) 놀이를 하자는 제안을 해서 사람들을 웃겼다. 그 재담은 지사의 살롱으로부터 거리의 살롱들에 널리 퍼져서 한 달을 두고 그 고장 사람들을 즐겁게 했다.

루아조는 익살을 타고 났으며 선의의 농담이나 짓궂은 농담을 잘하기로 소문이 나 있었다. 그래서 누구나 그에 대해 말할 때면, "이 루아조라는 새는 천만금으로도 살 수 없지"라고 꼬리를 붙이곤 했다. 그의 키는 지나칠 정도로 작았으며, 배는 풍선처럼 부풀어 올랐고, 그 부푼 배 위에 구레나룻을 한 붉은 얼굴이 놓여 있었다.

키가 크고, 억세고, 결단성 있는 그의 아내는 굵은 목소리와 빠른 결단력으로 이 상가의 질서를 잡으며 주판알 노릇을 하고 있었고, 루아조의 활력과 합쳐져 그녀의 활동은 더욱 생기를 띠었다.

그들 곁에는 한층 근엄한, 상류 계급에 속하는 카레 라마동 씨가 자리 잡고 있었다. 그는 레지옹 도뇌르 훈장을 받은 퇴역 장교인 데다가, 도의회 의원이며, 세 개의 제사공장을 소유한 사람으로서 방직계에서는 움직일 수 없는 세력가였다. 그는 제정 시대를 거치면서 끝까지 온건한 야당의 영수로 지내왔다. 그의 표현을 빌리자면, 그가 온건한 투쟁을 벌여야만 그의 공화제 참여가 보다 값진 것이 될 수 있다는 것이 유일한 이유였다. 남편보다도 훨씬 젊은 카레 라마동 부인은 루앙의 수비대에 파견되어 온 명문 출신의 장교들에게는 커다란 위안거리였다.

부인은 남편과 마주 앉아 있었다. 아주 조그마하고 귀엽고 예쁘게 생긴 이 부인은 털옷에 싸여 있었다. 부인은 딱한 표정을 지은 채 한심스런 마차 안을 둘러보고 있었다. 부인 곁에 앉아 있는 위베르 드 브레빌 백작 부부의 가문은 노르망디 지방에서 가장 역사가 깊고 고귀한 가문 중의 하나였다. 풍채 좋은 노신사인 백작은 몸치장에 공을 들여서 앙리 4세와 닮은 점을 두드러지게 보여주려고 애쓰고 있었다. 이 집안에서 전해 내려온 영광스러운 전설에 의하면, 앙리 4세가 브레빌 집안의 어떤 부인을 잉태시킴으로써 그 부인의 남편은 백작의 칭호를 받았으며 도지사가 되었다는 것이다.

백작은 도의회에서 카레 라마동 씨와 동료인 동시에, 이 지방의 오를레앙 당을 대표하는 인물이었다. 그가 낭트의 보잘것없는 선주의 딸과 결혼하게 된 내력은 언제까지나 풀리지 않는 수수께끼였다. 그러나 백작 부인은 품위가 높았으며 누구보다도 사람을 접대하는 일에 능숙한 데다 심지어 루이 필립 왕의 아들 중 한 명에게 사랑을 받은 일까지 있었다는 것으로 알려져 있었기 때문에 귀족 계급 누구나가 백작 부인을 극진하게 대하는 터였다. 그래서 백작 부인의 살롱은 이 지방에서는 첫손에 꼽혔고, 옛날의 예의범절이 남아 있는 유일한 곳으로서 그곳에 출입하기는 꽤 까다로웠다. 백작의 재산은 모두가 부동산이었는데, 그 연 수입은 50만 리브르에 달할 것이라고들 했다.

이 여섯 명이 마차 안에서 핵심을 이루고 있었는데, 종교적 신념과 학식을 갖추고 있고 연금도 받는, 이른바 태평스럽고 권세 있는 신사 계층에 속하는 사람들이었다.

무슨 우연에서인지는 몰라도 부인들은 모두가 같은 쪽 의자에 앉아 있었다. 백작 부인 곁에는, 기도문을 중얼중얼 외우며 기다란 묵주를 굴리고 있는 두 명의 수녀가 앉아 있었다. 한 수녀는 늙었는데, 얼굴 정면에 기관총을 들이대고 일제 사격이나 한 것처럼 곰보투성이였다. 또 한 명의 수녀는 퍽 가냘프게 생겼는데, 순교자나 종교적인 환상가를 만들어내기 적격인 격렬한 신앙심에 억눌린 병든 가슴 위로 예쁘기는 하지만 병색이 도는 얼굴을 하고 있었다.

이 두 수녀와 마주 앉아 있는 한 쌍의 남녀가 모두의 시선을 끌었다.

남자는 유명한 민주주의자 코르뉘데였다. 그는 사회 명사들이 두려워하는 존재였다. 20년 전부터 그는 모든 민주주의적 카페의 큰 맥주잔에 적갈색의 텁수룩한 수염을 적셔왔다. 옛날에 과자 장수를 했던 아버지로부터 상당한 재산을 물려받았으나 그것을 동지들이며 친구들과 함께 몽땅 들어먹어버렸으며, 혁명을 위해서 이렇게 모든 것을 소비한 대가로 그럴듯한 자리 하나쯤은 차지할 수 있으리라는 생각에서 공화제 세상이 되기만을 손꼽아 기다리고 있었다. 9월 4일, 무슨 짓궂은 장난에 의해서였는데, 그는 자기가 도지사로 임명되었다는 것이 사실인 줄 알았던 적이 있었다. 그런데 막상 취임하려니, 저희들끼리만 사무실을 지키고 있던 관청의 급사들이 거부하는 바람에 별수 없이 물러 나오고 말았다는 것이다.

어쨌든 그는 퍽 선량하고 악의가 없으며 남의 일에도 발 벗고 나서는 성미였으며, 방어진을 조직하는 데 있어서는 비길

데 없는 열성을 지니고 활약했었다. 들판에 웅덩이를 파놓게 한 뒤에 근방에 있는 숲들의 어린 나무들을 베어 눕히게 하고, 길목마다 덫을 놓게 하고서는 적군이 접근해 오면 자기가 차려 놓은 만반의 준비에 만족해하며 재빨리 시내로 후퇴했던 것이다. 그는 이제 조만간에 새로운 방어 공사가 필요하게 될 르아브르에서는 자신의 유용성이 한층 더 발휘될 수 있으리라는 생각을 하고 있었다.

그 옆의 여자는 소위 매춘부로 불리는 부류에 속하는 여자였다. 그녀는 조기 비만증으로 인해 비곗덩어리라는 별명을 갖고 있었다. 키가 작은 데다가 어디나 뭉실뭉실 비곗살이 불거져 나와 있었고 포동포동한 손가락들은 마디마디 잘록잘록 맺혀 있어서 마치 짤막한 소시지를 염주처럼 꿰어놓은 것 같았다. 팽팽한 살결에는 윤기가 돌았고, 엄청나게 큰 젖가슴이 옷 밑에서 불룩 솟아오른 이 여자는 그런대로 남자들의 구미를 돋우었으며 인기도 대단했다. 그녀의 싱싱한 자태는 그만큼 보는 눈에 즐거움을 주었다. 그녀의 얼굴은 빨간 사과나 금방 피어오를 듯한 모란꽃 봉오리 같았다. 얼굴 윗부분에는 길고 짙은 속눈썹이 눈동자에 그림자를 드리우고 있었고, 그 아래 찬란한 검은 두 눈이 반짝이며 열려 있었다. 얼굴의 아래쪽은 반짝이는 자그마한 이로 장식된 귀엽고 작은 입이 키스를 기다리는 듯 촉촉하게 젖어 있었다.

그 여자의 모습을 알아보자마자, 정숙한 부인들 사이에서 소곤소곤 말이 오고 갔다. '매춘부' 또는 '사회의 수치'라는 말들이 꽤 크게 들려오자 여자는 고개를 번쩍 들었다. 그 여자가 하도 대담하고 도전적인 눈으로 사람들을 훑어보는 바람에 곧 깊은 침묵이 흘렀으며 루아조만 빼놓고는 모두가 눈을 내리깔고 말았다. 루아조는 재미있다는 듯이 그녀의 동정을 살피고 있었다.

그러나 금방 세 부인들 사이에서 이야기가 다시 오고 갔다. 이 매춘부의 출현이 갑자기 그들 사이를 우정으로 맺어주었으며 친밀감까지 느끼게 만들어놓은 것이다. 부인들은 파렴치한 이 매춘부를 앞에 놓고 아내로서의 자기들의 위신을 세우는 데 힘을 모아야 한다는 생각이 들었던 것이다. 합법적인 사랑은 언제나 그와 동류인 자유로운 사랑을 멸시하는 법이니까.

세 남자들 역시 코르뉘데를 앞에 두고 보수적인 본능으로 서로 가까워져서 빈민들에 대한 모욕적인 어조로 돈에 관해 이야기를 하고 있었다. 백작은 프로이센 군대로 말미암아 입은 손해와 도둑맞은 가축과 잡쳐버린 수확 때문에 일어난 손실에 대해, 그런 손실이 기껏해야 가벼운 타격 정도에 불과한, 자기보다 열 배나 부자인 대영주와도 같은 태연한 어조로 말했다. 면화 산업에 조예가 깊은 카레 라마동 씨는 곧 닥쳐올지 모르는 어려운 때를 대비해서 60만 프랑을 진작 영국에 송금해 놓은 바가 있다고 말했다. 루아조는 술 창고에 남아 있던 포도주를 몽땅 프랑스군의 병참부에 팔아치웠기 때문에 국가가 자기에게 막대한 빚을 지고 있어서 르아브르에 가기만 하면 이 돈을 받게 된다는 것이었다.

세 사람은 재빠르게 정겨운 눈길들을 주고받았다. 비록 사회적인 신분이 다르기는 했지만 돈에 의해서 결합된 이들은 가진 자들의 은밀한 동지 의식을 서로 느끼고 있었다.

마차의 속도가 하도 느려서 오전 10시가 되었는데도 겨우 40리밖에 오지 못했다. 그들은 세 번이나 내려서 언덕길을 걸어 올라가야만 했다. 토트에서 점심을 먹을 예정이었기 때문에 모두들 걱정이 되기 시작했다. 이제는 밤이 되기 전에 그곳에 도착하기는 다 틀린 일이었다. 모두 길가에 주막이라도 있지 않나 하고 살피는 판이었는데, 마차가 눈 더미에 묻혀서 빠져나오는 데 두 시간이나 걸리는 일이 벌어지고 말았다.

모두들 시장기가 덮쳐와서 정신을 차릴 수가 없었다. 프로이센군이 가까이 와 있는 데다 굶주린 프랑스군이 자주 지나가는 통에 장사치들은 모두 겁을 집어먹고 숨어버렸는지 싸구려 음식점이나 선술집 등이 전혀 눈에 띄지 않았다.

남자들은 먹을 것을 구하려고 길가에 있는 농가들을 쏘다녀 보았으나 빵 한 조각도 찾아내지 못했다. 닥치는 대로 약탈해 가는 굶주린 병정들에게 빼앗길까 두려워 농부들이 먹을 것을 모조리 숨겨버린 때문이었다.

오후 1시쯤 되자, 루아조는 위에 큰 구멍이 뚫린 것 같다고 했다. 벌써 오래전부터 누구나 다 루아조와 같은 괴로움을 느끼고 있었다. 시시각각으로 더해 가는 굶주림 때문에 오가던 이야기도 그치고 말았다.

이따금 누가 하품을 하게 되면 곧 다른 사람이 그 뒤를 따랐다. 각자가 차례대로 자신의 성격, 교양, 사회적 지위에 따라서, 입김이 새어 나오는 벌어진 구멍에 재빨리 손을 가져가며, 혹은 요란하게 혹은 얌전하게 입을 벌렸다.

비곗덩어리는 치마 밑에서 무엇인가 찾는 듯 몇 번이나 몸을 굽혔다가 잠시 망설인 후 옆 사람들을 쳐다보곤 다시 조용히 몸을 일으켰다. 모두들 얼굴빛이 창백한 채 긴장해 있었다. 루아조가 햄 한 조각에 1,000프랑을 내도 아깝지 않겠다고 단언했다. 그의 아내는 항변의 몸짓을 하려다가 잠잠해졌다. 돈을 낭비한다는 말만 들어도 이 여자는 언제나 괴로워했으며 그 문제에 관한 한 농담조차 통하지 않았다.

"정말 견딜 수 없네. 어떻게 먹을 것을 가져올 생각을 못했을까?" 백작이 말했다. 누구나 똑같은 자책을 하고 있었다.

그런데 코르뉘데는 럼주를 채운 수통을 가지고 있었다. 그가 그것을 내놓았으나 모두들 쌀쌀하게 사양했다. 루아조만이 두어 모금 받아 마시고 수통을 돌려주며 고맙다는 인사를 했다.

"어쨌든 좋군요. 몸이 더워지고 시장기가 덜어졌으니까요."

주기가 돌자 루아조는 기분이 들떠서, 노래에 나오는 작은 배 위에서처럼 제일 살찐 손님을 잡아먹는 것이 어떻겠느냐고 농담을 했다. 비곗덩어리를 간접적으로 암시한 이 말은 교양 있는 사람들의 이맛살을 찌푸리게 했다. 아무도 대꾸하지 않았다. 코르뉘데만이 미소를 지었다. 착한 두 수녀는 중얼거리던 기도를 그치고 커다란 옷소매 속에 두 손을 쑤셔 넣고서 꼼짝도 하지 않고 있었다. 완강히 시선을 내리깔고 있는 폼이 하늘이 그녀들에게 내린 시련을 꾹 참고 있는 모습이었다.

어느새 3시가 되었으나 마을 하나 보이지 않고 끝없는 벌판만이 계속될 뿐이었다. 비곗덩어리는 재빨리 몸을 굽히고 하얀 보자기를 씌운 커다란 바구니를 의자 밑에서 꺼냈다.

그녀는 바구니에서 조그마한 사기 접시와 화사하게 생긴 은잔을 꺼낸 다음, 잘게 칼질해서 젤리로 재어놓은 통닭 두 마리가 들어 있는 큰 그릇을 내놓았다. 그밖에도 바구니 안에는 포장해 넣은 다른 맛있는 음식들, 파이니 과일이니 과자 등 객줏집 음식 신세를 지지 않고서도 사흘 정도의 여행을 할 수 있게 준비된 음식들이 눈에 띄었다. 음식물 봉지 사이로는 술병 모가지 네 개가 삐죽이 나와 있었다. 그녀는 닭 날갯죽지를 하나 집어 들고 노르망디 지방에서는 '레장스'라고 부르는 작은 빵 조각과 함께 얌전하게 먹기 시작했다.

모든 시선이 그녀에게로 쏠렸다. 냄새가 풍겨서 사람들의 콧구멍을 벌름거리게 했고 입에서는 군침이 돌게 했으며 귀 밑의 턱을 고통스럽도록 당기게 했다. 이 매춘부에 대한 부인들의 경멸감은 극도에 달해서 그녀를 죽여버리든지 아니면 잔이고 바구니고 음식물이고 간에 몽땅 그녀와 함께 마차 밖 눈 속으로 내던져버리고 싶을 지경이었다.

그러나 루아조의 눈은 닭이 담긴 그릇을 탐욕스럽게 노려보고 있었다.

"그래, 맞아. 부인은 그 누구보다 준비성이 있었네요. 항상 모든 일에 생각이 미치는 분들이 있는 법이지요." 루아조가 말했다.

그녀는 고개를 들고 그에게 말했다.

"좀 드시겠어요? 아침부터 굶는다는 게 보통 일이 아니네요."

그는 반색했다.

"솔직히 말씀드려서 사양할 수 없군요. 더는 참을 수가 없어요. 전쟁 중에는 무슨 짓이든 할 수밖에 없는 법이지요. 그렇지 않습니까, 부인?"

그러고는 주위를 한 번 둘러보고 나서 덧붙였다.

"이런 판국에 친절을 베풀어주는 사람을 만난다는 것은 정말 고마운 일이지요."

그는 바지를 더럽히지 않도록 신문지를 펴놓고, 항상 호주머니 속에 간직하고 있는 칼의 끝으로 젤리가 번지르르 흐르는 닭다리를 재빨리 꽂아 들었다. 그가 어찌나 흡족해하며 닭다리를 뜯고 씹는지 마차 안에서는 괴로운 한숨 소리가 크게 들려왔다.

그러자 비곗덩어리는 겸손하고 부드러운 목소리로 수녀들에게 함께 먹기를 권했다. 두 수녀는 지체 없이 제안을 받아들이고는 고맙다는 인사를 중얼거린 후 눈을 내리깐 채 급히 먹어대기 시작했다. 코르뉘데 역시 이웃 여인의 권유를 거절하지 않았다. 그는 무릎 위에 신문지를 펴고 수녀들과 더불어 식탁 비슷한 것을 꾸몄다.

입들은 쉴 새 없이 열리고 닫히며 집어넣고 씹고 꿀꺽꿀꺽 삼키고 했다. 한구석에서 열심히 먹고 있던 루아조가 낮은 목소리로 아내에게도 먹으라고 권했다. 한참 동안 아내는 고집을 부렸으나 창자 속에서 경련이 일어나자 굴복하고 말았다. 남편은 부드러운 말씨로 이 '매력적인 동행자'를 향해 마담 루아조에게도 한 조각 나누어주어도 좋겠느냐고 물었다.

"그렇고 말고요." 비곗덩어리는 애교 있는 미소를 지으면서 그릇을 내밀었다.

보르도 포도주의 첫 번째 병마개를 뽑았을 때에 난처한 일이 생겼다. 잔이 하나밖에 없었던 것이다. 잔을 닦아서 차례로 돌렸다. 오로지 코르뉘데만이, 분명히 여자에 대한 예절에서 그랬겠지만, 비곗덩어리의 입술이 닿아서 젖은 자리에 자신의 입술을 갖다 댔다.

음식을 먹고 있는 사람들에 둘러싸여서 음식 냄새에 숨이 막힌 브레빌 백작 내외와 카레 라마동 씨 내외는 '탄탈루스의 형벌(영원한 기아의 형벌 – 옮긴이)'에 시달리고 있었다. 별안간 공업가의 젊은 부인이 한숨을 내쉬는 바람에 모두들 돌아보았다. 부인의 안색은 창밖의 눈처럼 창백했다. 그녀는 눈을 감고 고개를 떨어뜨리더니 의식을 잃었다. 남편은 몹시 당황해서 사람들에게 구원을 청했다. 아무도 정신을 차리지 못하고 있는 가운데 나이 먹은 수녀가 환자의 머리를 받쳐 들고 비곗덩어리의 잔을 환자의 입술로 가져간 다음 포도주 몇 방울을 마시게 했다. 예쁜 부인은 몸을 움직이며 눈을 떴다. 그러곤 웃음을 띠면서 다 죽어가는 목소리로 이젠 퍽 기분이 좋아졌다고 했다. 그러나 수녀는 재발을 막기 위해 포도주 한 잔을 가득히 따라서 억지로 마시게 했다. 그러고는 "시장해서 그랬겠지요. 별다른 일 없을 거예요"라고 덧붙였다.

그러자 당황해서 얼굴이 빨개진 비곗덩어리가 굶고 있는 네 손님들에게 더듬더듬 말했다.

"아, 어쩌지? 저 숙녀분들과 신사분들도 함께 드시면 좋을 텐데……."

비곗덩어리는 무슨 그따위 실례되는 말을 하느냐고 핀잔을 들을까봐 얼른 입을 닫았다. 그러자 루아조가 그녀의 말을 잇듯 말했다.

"제길, 이런 판국에 누구 할 것 없이 동기간이나 다름없으니 서로 도와야지요. 자, 부인들, 제발 체면 따위는 던져버려요! 오늘 밤을 지낼 수 있는 집 한 채라도 찾을 수 있을지 모르는 판인데……. 이렇게 가다간 내일 정오까지 토트에 도착하긴 다

틀렸어요."

아무도 선뜻 그럽시다, 하고 나서는 사람은 없고 망설이기만 했다. 그러자 백작이 문제를 해결했다. 백작은 수줍어하는 뚱뚱한 매춘부를 향해서 아주 정중하게 말했다.

"감사히 받겠소, 부인."

첫발을 들여놓기가 어려웠을 뿐이었다. 일단 루비콘강을 건너고 보니 체면이고 뭐고 없었다. 바구니는 금세 바닥이 나고 말았다. 그러나 아직도 간으로 만든 파이, 종달새 파이, 훈제 혀, 크라산 배, 퐁레베크의 생강 빵, 달콤한 케이크, 초절임한 오이와 양파가 가득히 들어 있는 단지 등등이 남아 있었다.

그녀의 음식을 먹으면서 그녀에게 말을 건네지 않을 수는 없었다. 처음에는 조심스러웠다. 하지만 여자의 태도가 예상보다 훨씬 얌전했기에 모두들 금세 허물없이 대하게 되었다. 아주 세련된 여자들인 백작 부인과 카레 라마동 부인은 우아하고 점잖은 태도를 보였다. 특히 백작 부인은 그런 고귀한 부인들의 특징인 애교 있고 으스대지 않는 듯한 태도를 보였다. 제아무리 신분이 낮은 사람과 접촉하더라도 자신이 지닌 매력은 절대 영향을 받지 않고 훼손되지 않는 것처럼 믿고 행동하는 것 같았다. 억세고 무뚝뚝한 루아조 부인만이 여전히 새침한 채 말한 마디 없이 먹고만 있었다.

당연한 일이지만 전쟁이 화제에 올랐다. 프로이센군의 잔인한 행위와 프랑스군의 용감한 공훈 등에 관해서 이야기가 오갔다. 모두가 다 도망가는 처지에 있는 이 사람들이 동포들의 용기를 찬양하고 있었던 것이다. 곧 자기네들의 개인적인 경험담이 시작되었다. 비곗덩어리는 그녀와 비슷한 일을 하는 여자들이 자신의 분노를 표출할 때 흔히 그러하듯, 열정적으로, 또한 솔직한 감정을 담아, 자신이 어떻게 해서 루앙을 떠나게 되었는지 이야기했다.

"처음에 저는 그대로 남아 있을 수 있으리라고 생각했어요. 저희 집에는 먹을 것도 충분히 있으니 어딘지도 모를 곳을 정처 없이 떠도는 것보다는 차라리 적군 병사 몇 명을 꾹 참고 먹이는 편이 나을 것이라고 생각한 거지요. 그런데 막상 그 프로이센 놈들을 눈앞에서 보니 정말 참을 수가 없었어요! 화가 치밀고 피가 끓었어요. 분에 못 이겨서 온종일 울었답니다. 아! 내가 남자라면 정말!

저는 창가에서 뾰족한 철모를 쓴 큰 돼지새끼 같은 놈들을 보고 있었지요. 제가 놈들의 등에다 세간을 집어 던질까봐 두려워서 하녀는 제 손을 붙들었답니다. 그러자 몇 놈이 저의 집에

묵겠다고 왔어요. 그래서 저는 맨 앞에 들어선 놈의 목을 겨누고 뛰어들었어요. 놈들의 목을 졸라 죽이는 게 딴 사람들의 목을 조르는 것보다 특별히 어려울 것도 없잖아요. 뒤에서 머리채를 낚아채는 놈만 없었더라면 그놈을 해치우고 말았을 거예요. 그 일 때문에 저는 숨어야 했어요. 마침 기회가 있어서 떠나오게 되었고 이렇게 이곳에 있게 된 거랍니다."

모두들 그녀를 크게 칭송했다. 그만한 용기를 보이지 못했던 동행자들의 찬사를 듣고 비곗덩어리는 우쭐해졌다. 코르뉘데는 이 여자의 말을 들으면서 마치 자신이 사도(使徒)라도 된 듯, 잘했다고 칭찬하는 것 같은 너그러운 미소를 짓고 있었다. 흡사 하느님을 찬양하는 신도의 말을 듣고 있는 신부와도 같았다. 수염을 기른 민주주의자들은 제의(祭衣)를 걸친 자들이 종교를 전매(專賣)하듯이 애국심을 전매하고 있었던 것이다. 자기 차례가 돌아오자 코르뉘데는 거드름을 피우며 매일 벽에 나붙는 포고문에 대해 과장과 설교 조의 이야기를 늘어놓더니, "어리석은 바댕개(루이 나폴레옹) 녀석!"하며 도도하게 쏘아붙이는 것으로 웅변과도 같은 말을 맺었다.

그런데 그의 말이 끝나기 무섭게 비곗덩어리가 금세 화를 냈다. 그녀는 보나파르트파였던 것이다. 앵두보다 더 새빨개진 그녀는 어찌나 화가 치밀어 있었는지 말까지 더듬었다.

"당신네들이 그분 자리에 있었다면 어떻게 했을지 보고 싶군요. 말도 안 돼요. 그분을 배반한 건 바로 당신네들이에요! 당신네들 같은 불한당들이 정권을 잡았다면 프랑스에 남아 있을 사람이 하나라도 있을 줄 알아요!"

코르뉘데는 태연하게 멸시와 우월감이 뒤섞인 미소를 짓고 있었다. 그러자 백작이 나서서 진지한 의견은 모두 존중해야 한다는 말로 위엄 있게 타일러 격분한 창녀를 진정시킬 수 있었다. 그러지 못했다면 더욱 심한 언쟁이 벌어졌으리라는 것은 뻔한 일이었다. 그런데 백작 부인과 공업가의 부인은 공화국을 향한 상류층의 터무니없는 증오에 오염되어 있었고 게다가 모든 여자들이 그러하듯 본능적으로 전제 정부의 화려한 분위기에 호감을 품고 있었음에도 불구하고 자신도 모르게 이 위엄 있는 젊은 여인에게 마음이 끌렸다. 그녀의 의견이 꼭 자기들의 의견 같았던 것이다.

바구니가 비었다. 열 명의 사람들이 어렵지 않게 내용물을 해치우고는 바구니가 더 크지 않은 것을 아쉬워했다. 얼마 동안 이야기가 더 오갔으나 음식을 다 먹고 나서인지 좀 시들해졌다.

밤이 오고 어둠은 점차 짙어져 갔다. 소화가 되는 동안에는 한결 더 심하게 느껴지는 추위 때문에 비곗덩어리는 비곗살이 꼈는데도 떨고 있었다. 그러자 브레빌 백작 부인이 아침부터 몇 차례 숯을 갈아 넣은 발 난로를 내주며 발을 쪼이라고 했다. 비곗덩어리는 발이 얼어붙던 참이라 사양치 않았다. 카레 라마동 부인과 루아조 부인도 자기네 것을 두 수녀에게 내주었다.

마부가 등에 불을 켰다. 불빛은 땀이 흐르고 있는 말들의 엉덩이에서 뭉게뭉게 피어오르는 김을 밝게 비추었으며 요동치는 램프 불빛을 따라 눈길이 눈앞에 펼쳐졌다.

마차 안에서는 아무것도 분간할 수 없었다. 그러나 갑자기 비곗덩어리와 코르뉘데 사이에서 어떤 움직임이 일어났다. 어둠 속을 눈으로 더듬고 있던 루아조는 수염을 기른 사나이가 소리 없는 일격을 단단히 얻어맞은 듯 훌쩍 뒤로 물러나는 것을 본 것 같았다.

작은 불빛들이 도로의 전면에 나타났다. 토트였다. 열한 시간을 달렸지만 말에게 귀리를 먹이고 숨을 돌리게 하느라고 네 차례 휴식했던 두어 시간을 합치면 열서너 시간 걸린 셈이었다. 마차는 시내로 들어서서 상공회의소 앞으로 갔다.

마차 문이 열렸다! 귀에 익은 소리에 승객들은 모두 오싹 떨었다. 칼집이 땅에 끌리는 소리였다. 곧 뭐라고 소리치는 프로이센인의 목소리가 들렸다.

마차가 멈춰 서 있었지만 아무도 마차에서 내릴 생각을 하지 않았다. 마치 마차 밖으로 나가면 사살될까봐 두려워하고 있는 것 같았다. 그러자 마부가 손에 등불을 들고 나타났다. 등불이 마차 안까지 환히 비추자 당황해서 입도 다물지 못하고 있는 얼굴과 놀라움과 두려움에 부릅뜨고 있는 눈들이 드러났다.

마부 옆에는 프로이센군 장교 한 사람이 온몸에 불빛을 받고 서 있었다. 금발 머리의 지나치게 야위고 후리후리한 이 젊은 장교는 코르셋을 입은 소녀처럼 꼭 끼는 군복을 입고 초를 먹인 납작한 모자를 비스듬히 쓰고 있었다. 그 모자 때문에 그는 영국 호텔의 종업원처럼 보였다. 곧고 길게 뻗은 그의 코 밑 수염은 정말 우스꽝스러웠는데 양쪽으로 한없이 가늘게 뻗어가다가 마지막에는 단 한 오라기의 금빛 털만으로 끝나고 있었다. 그 끝은 하도 가늘어서 눈에 보이지도 않았다. 그 괴상망측한 수염이 입가를 무겁게 잡아당겨 뺨을 늘어뜨린 것 같았으며 입술에 주름이 생기게 만드는 것 같았다.

그는 알자스 지방 투의 프랑스 말로 무뚝뚝하게 승객들이 내리기를 종용했다.

"신사숙녀 여러분, 내리시지요."

두 수녀가 무슨 일에나 복종하는 데에 익숙한 성녀들의 온순함에 의해 맨 먼저 명령에 따랐다. 백작 부부가 그다음에 내리고 공업가 부부가 뒤를 따랐다. 그러고는 루아조가 몸집이 큰 아내를 떠밀며 나갔다. 루아조는 발이 땅에 닿기가 무섭게 장교를 향해, "안녕하십니까?"하고 인사했다. 예의에서라기보다는 몸조심을 하는 뜻에서였다. 절대적인 권한을 가진 자들이 그러하듯 이 오만무례한 상대방은 답례도 하지 않고 루아조를 노려보기만 했다.

비곗덩어리와 코르뉘데는 출입구 가까이에 앉아 있었으나 적의 눈앞에서 침착하고 당당한 태도를 보이며 맨 마지막에 내렸다. 뚱뚱한 창녀는 자신을 억제하고 마음을 가라앉히느라 애쓰고 있었다. 민주주의자는 약간 떨리는 손으로 기다란 갈색 수염을 어설프게 비비 꼬고 있었다. 두 사람은 이런 식의 만남에서는 그 누구건 얼마간 자기 나라를 대표하게 된다고 생각하고 있었기에 둘 다 위신을 지키려고 노력하고 있었다. 동행자들의 고분고분한 태도에 두 사람은 다 같이 분개했다. 그래서 비곗덩어리는 옆에 있는 훌륭한 부인들보다도 더욱 당당한 태도를 보이려고 애썼으며 코르뉘데는 자기가 모범이 되어야 한다는 사실을 통감했기 때문에 도로에 참호를 파고 방어 진지를 마련할 때부터 시작된 저항의 사명을 몸짓과 태도 하나하나에 그대로 견지하고 있었다.

여관집의 넓은 식당으로 들어서자 프로이센 장교는 사령관이 서명한 여행 허가증을 제시하라고 했다. 여행 허가증에는 각자의 이름과 서명과 직업이 기재되어 있었다. 그는 오랫동안, 기재 사항과 인물을 대조하면서 한 사람 한 사람 모두를 조사했다. 그런 후, "좋소"라고 불쑥 한마디하곤 나가버렸다.

그제야 모두들 안도의 한숨을 내쉬었다. 여전히 배는 고파서 저녁을 시켰다. 저녁을 준비하는 데 반 시간이 걸렸다. 두 종업원이 저녁을 차리는 동안 사람들은 방을 보러 갔다. 방들은 모두 기다란 외길 복도를 따라 있었다. 복도 끝에는 무슨 뜻이 있는 듯한 번호가 표시된 유리문이 나 있었다.

이윽고 식탁에 막 앉으려는 참인데 여관 주인이 나타났다. 그는 예전에 말 장수를 했던 뚱뚱한 천식 환자였다. 늘 씩씩거렸으며 목소리가 갈라졌고 목구멍에서는 가래 끓는 소리가 났다. 그는 아버지에게서 '포랑비'라는 이름을 물려받았다.

"엘리자베트 루세 양이라고 계세요?"하고 그가 물었다.

비곗덩어리는 깜짝 놀라서 돌아다보았다.

"전데요."

"프로이센 장교가 급히 할 말이 있답니다."

"저한테요?"

"그렇습니다. 아가씨가 엘리자베트 루세가 맞는다면."

비곗덩어리는 당황했다. 그녀는 잠시 생각에 잠겼다가 뚝 잘라 말했다.

"그렇긴 하지만 가지 않겠어요."

주위에 있던 사람들이 웅성거렸다. 제각기 이 명령이 내려진 이유를 찾으려고 논의를 벌였다. 백작이 다가왔다.

"부인, 그래서는 안 됩니다. 당신이 거절하면 비단 당신뿐만 아니라 동행한 모두가 크게 낭패를 볼지도 모를 일이니까요. 생사여탈권을 가진 자들의 비위를 거스르면 절대로 안 됩니다. 지금 이 일에는 별로 위험이 따를 것 같진 않습니다. 아마 뭔가 빠뜨린 절차가 있었나 봅니다."

모두들 백작과 합세해서 그녀를 달래고 타일러서 드디어 그녀를 설득하고야 말았다. 공연히 무모한 짓을 했다가 일어날지도 모르는 불상사를 모두들 두려워하고 있었던 것이다.

"여러분을 위해서 가는 거예요. 그걸 잊지 마세요!"

그녀는 마침내 이렇게 말했다.

“정말 고마워요.” 백작 부인은 그녀의 손을 붙잡았다.

비곗덩어리는 밖으로 나갔다. 남은 사람들은 함께 식사를 하려고 그녀를 기다렸다.

이 사납고 성미 급한 여자 대신에 자기가 불려가지 못한 것을 저마다 애석해했으며, 머릿속으로는 자기 차례가 와서 불려가게 될 경우 늘어놓을 비굴한 말들을 준비하고 있었다.

그런데 10분쯤 지나자 금방이라도 숨이 넘어갈 듯이 얼굴이 충혈되고 격분한 비곗덩어리가 숨을 몰아쉬며 돌아왔다. 그녀는 말을 더듬었다.

“아, 더러운 자식! 더러운 놈!”

모두들 영문을 알고 싶어서 몸이 달았지만 그녀는 입을 열지 않았다. 백작의 간청에 못 이기는 척 그녀는 지극히 도도하게 대답했다.

“말씀드릴 수 없어요. 여러분과는 상관없는 일이에요.”

그러자 그들은 양배추 냄새가 풍기는 움푹한 수프 그릇을 가운데 놓고 둘러앉았다. 뭔가 불안스러운 일이 있기는 했지만 저녁 식사는 즐거웠다. 시드르(사과주) 맛이 좋았다. 루아조 부부와 수녀들은 돈을 아끼느라고 시드르를 마셨다. 다른 사람들은 포도주를 청했다. 코르뉘데는 맥주를 시켰다.

코르뉘데는 병마개를 뽑아서 맥주에 거품을 일게 하고 유리잔을 기울여 맥주를 이리저리 들여다보고는 빛깔을 더 잘 감상하기 위해서 등불에 비춰 보는 독특한 방식을 보여주었다. 그가 맥주를 마실 때에는, 그가 사랑하는 맥주 빛깔과 비슷한 그의 수염은 맥주를 향한 애정으로 부르르 떠는 듯했다. 그의 눈은 잠시도 사랑스런 맥주잔에서 떠나지 않겠다는 듯 곁눈질을 하고 있었으며, 오로지 술을 마시기 위해서 태어난 것 같은 사람으로서의 자신의 유일한 임무를 충실히 수행하고 있었다. 그의 정신 속에서는 자신의 전 생활을 차지하고 있는 두 개의 정열, 즉 맥주와 혁명 사이에 친화력이 맺어져 있다고 말할 수 있을 정도였다. 그는 맥주를 마시면서 혁명을 생각했고 혁명을 생각하면서 맥주를 떠올렸다.

포랑비 부부는 식탁 맨 끝에서 식사를 했다. 고장 난 기관차처럼 헐떡거리는 포랑비는 가슴이 너무 답답해서 식사 중에 말을 하기가 힘들었다. 그러나 그의 부인은 잠시도 입을 닫아두는 일이 없었다. 프로이센군이 들이닥쳤을 때에 받은 갖가지 인상이며, 그들이 한 일들, 말한 내용들을 욕설을 퍼부어 가며 이야기했다. 첫째로는 그들 때문에 돈을 낭비한 때문이었고, 다음으로는 아들 둘이 프랑스군에 입대하고 있기 때문이었다. 그녀는 귀부인과 이야기를 나눈다는 사실에 우쭐해서 유난히 백작 부인에게 말을 붙였다.

그리고 가끔 목소리를 낮추고서 미묘한 일들을 이야기했다. 남편은 이따금, "여보, 입 좀 다물구려" 하며 아내의 말을 막았으나 그녀는 전혀 아랑곳없이 이야기를 늘어놓았다.

"그래요, 부인, 그놈들은 감자하고 돼지고기를 먹는 일밖엔 할 줄 모르는 놈들이에요. 지저분하긴 이루 말할 수도 없고요. 말씀드리기도 송구스럽지만 그저 아무 데나 대고 싸댄다니까요. 낮에 그놈들이 훈련이랍시고 하는 꼬락서니를 보면, 저쪽 들판에서 하는데요, 앞으로 갔다 뒤로 갔다 이리 돌고 저리 도는 지랄뿐이에요. 적어도 땅이라도 갈던가 아니면 제 놈들 나라에서 길이라도 고친다면 오죽이나 좋겠어요! 정말이지 부인, 저 군인이란 놈들은 아무짝에도 쓸모가 없어요! 고작해야 사람 죽이는 짓을 가르치기 위해서 가난한 백성이 군대를 먹여 살려야 한다니!

저는 사실 아무것도 배운 거 없는 할망구지만 아침부터 저녁까지 지치도록 제자리걸음이나 해대는 저들을 볼 때마다 이런 생각이 든답니다. '이로운 일을 위해서 그 많은 발명을 하는 사람들이 있는가 하면 해로운 일을 위해서 저렇게 기를 쓰는 사람들이 있다니!'라는 생각이오. 사실 사람을 죽인다는 것은 그것이 프로이센 사람이건, 영국 사람이건, 폴란드 사람이건, 프랑스 사람이건 간에 끔찍한 짓 아닌가요? 아니, 자기에게 잘못을 저지른 사람에게 복수를 하면 벌을 받고, 우리네 자식들을 새나 짐승처럼 마구 총으로 쏘아 죽일 때엔 제일 많이 죽인 자에게 훈장을 주니, 그게 잘한 짓일까요? 정말이지 저는 알 수 없어요!"

코르뉘데가 목청을 돋우며 말했다.

"평화로운 이웃을 공격할 때에 전쟁은 만행입니다. 그러나 조국을 수호할 때 전쟁은 신성한 의무입니다."

노파는 고개를 끄덕였다.

"옳아요. 자신을 지키기 위해 행동한다는 건 다른 문제이긴 하지요. 그렇다면 오로지 자기네의 즐거움을 위해서 전쟁을 하는 왕들은 모조리 죽여버리는 편이 차라리 낫지 않겠어요?"

코르뉘데가 눈을 반짝이며 말했다.

"브라보! 여성 시민 동지 만세!"

카레 라마동 씨는 깊은 생각에 잠겨 있었다. 그는 저명한 장군들을 열광적으로 숭배하는 사람이기는 했지만, 이 시골 여자의 평범한 식견을 듣고 보니, 만일 숱하게 무위도식하고 있는 자들, 낭비적인 인적 자원과 비생산적인 데 소모하고 있는 힘을 몇 세기가 걸려야 성취할 수 있는 대사업에 투입한다면 국가에 얼마나 큰 복리를 가져올 것인가, 라는 생각을 하게 되었던 것이다. 그러나 루아조는 자리를 떠나서 여관 주인과 아주 낮은 목소리로 이야기하고 있었다. 뚱뚱보 주인은 웃다가 쿨룩거리며 연방 가래를 뱉었다. 그의 어마어마하게 큰 배는 루아조의 농담에 신이 나서 불룩거렸다. 그는 봄에 프로이센군이 떠나면 쓸 생각으로 여섯 통의 보르도 포도주를 루아조로부터 구입하고야 말았다.

모두들 극도로 피곤했기에 저녁 식사가 끝나자마자 잠자리에 들었다. 그러나 주변을 주의 깊게 살펴온 루아조만은 아내를 잠자리에 들게 하고 나서, 소위 그가 말한 '복도의 비밀'을 탐지해내려고 열쇠 구멍에다 귀를 혹은 눈을 가져갔다.

한 시간쯤 지나자 옷자락 스치는 소리가 들렸다. 그는 재빨리 내다보았다. 흰 레이스로 테를 두른 파란 캐시미어 파자마를 입었기 때문에 더욱 뚱뚱해 보이는 비곗덩어리가 눈에 띄었다. 촛대를 손에 들고 그녀는 복도 맨 끝에 있는 굵직한 번호가 붙은 방을 향하고 있었다. 그러자 옆방의 문이 비긋이 열렸다. 비곗덩어리가 돌아오자 멜빵을 걸치고 있는 코르뉘데가 그녀의 뒤를 쫓았다. 그들은 작은 목소리로 이야기를 나누더니 걸음을 멈추었다. 비곗덩어리가 완강히 자기의 방문을 막고 서 있는 것 같았다. 불행히도 루아조는 그들의 말을 듣지는 못했으나 나중에 그들이 언성을 높인 덕분에 그중 몇 마디를 주워들을 수 있었다. 코르뉘데가 조급하게 졸라댔다.

"이봐요, 정말 바보로군. 이게 무슨 큰일 날 일이야?"

여자는 화가 난 듯이 대꾸했다.

"안 돼요. 그런 짓도 할 때가 따로 있어요. 이런 데선 부끄러운 짓이란 말이에요."

코르뉘데로서는 납득이 가지 않는 모양이었다. 그는 이유를 물었다. 여자는 발끈 화를 내면서 더 큰 소리로 쏘아붙였다.

"왜냐고요? 아니, 왠지 모르겠단 말이에요? 프로이센 놈들이 집 안에 득실거리고 있잖아요! 바로 옆방에 있을지도 모르는데!"

그는 입을 다물었다. 적을 앞에 둔 자리에서는 절대로 애무를 받지 않겠다는 이 창녀의 애국적인 수치심이 정녕 스러져가던 그의 위신을 마음속에 다시 불러일으켰음인지 그는 한 번 껴안기만 하고는 살금살금 제 방으로 돌아가버렸다.

루아조는 몹시 흥분해서 열쇠 구멍으로부터 물러났다. 그는 방 안에서 덩실 발레 동작을 한 번 하고는 잠옷을 걸친 후 해골

같이 딱딱한 아내가 덮고 있는 담요를 들쳤다.

"여보, 나를 사랑하지?" 그가 중얼거리며 키스를 하는 바람에 아내는 잠에서 깨어났다.

이젠 온 집 안이 조용해졌다. 그러나 곧 지하실로부터인지 혹은 다락에서인지 분간하기 어려운 곳으로부터 세차고 단조롭고 규칙적으로 코를 고는, 마치 증기의 압력을 받고 주전자가 들먹이는 듯한 둔하고 여운이 긴 소리가 들려왔다. 포랑비 씨가 잠을 자면서 코를 골고 있는 소리였다.

다음 날 8시에 떠나기로 결정했기에 그 시각이 되자 모두들 식당에 모였다. 그런데 포장 위에 눈이 쌓인 마차가 말도 마부도 없이 마당 한가운데 쓸쓸히 놓여 있었다. 마구간으로, 사료 창고로, 차고로, 마부를 찾아다녔으나 허사였다. 남자들은 온 마을을 뒤져보기로 하고 밖으로 나갔다.

그들은 광장에 이르렀다. 광장 끝에는 교회가 서 있었고 프로이센 병사들이 들어 있는 낮은 집들이 양쪽에 늘어서 있었다. 맨 처음 눈에 띈 병정은 감자 껍질을 벗기고 있었다. 좀 더 가보니 두 번째 병사가 이발소에서 걸레질을 하고 있었다. 눈까지 수염이 텁수룩한 또 다른 병사는 우는 아기를 무릎 위에 올려놓고 달래며 어르고 있었다. 남편들이 전쟁터에 나가 있는 뚱뚱한 아낙네들이 고분고분 말을 잘 듣는 정복자들에게 손짓으로 일을 시키고 있었다. 장작을 패는 일, 빵에다 수프를 적시는 일, 커피를 빻는 일들이었다. 그들 중 한 명은 심지어 거동이 불편한 주인 노파의 속옷까지 빨고 있었다.

놀란 백작은 주교관에서 나오는 성당지기에게 물었다. 성당지기 노인이 대답했다.

"아! 저 사람들은 나쁜 사람들이 아닙니다. 프로이센 사람들이 아닙니다. 어딘지는 모르겠지만 아주 먼 곳에서 왔다고들 하더군요. 고향에 처자를 남겨놓고 왔다는 겁니다. 그러니 전쟁을 좋아할 리 있겠습니까! 분명히 거기서도 남편이나 자식을 보내놓고 울고 있을 거예요. 전쟁이라는 것은 우리처럼 저 사람들에게도 큰 불행이지요. 사실 여기 사정은 별로 나쁘지 않아요. 저 사람들이 나쁜 짓도 안 하고 자기네 집에 있는 것처럼 일을 잘해주니까요. 보시다시피 가난한 사람들은 서로 돕는답니다……. 전쟁이야 높은 양반들이 제멋대로 하는 짓이니까요."

코르뉘데는 정복자와 피정복자 사이에 이렇게도 다정한 화해가 이루어지고 있는 것을 보고 분개해서 여관에 처박혀 있는 편이 속 편하리라 생각하고 돌아와버렸다. 루아조가 농담 삼아 한마디했다.

“놈들이 나라 인구를 늘려주고 있군.”

카레 라마동 씨가 진지하게 말했다.

“저지른 짓에 대해 변상하고 있는 거지.”

마부는 여전히 보이지 않았다. 그러다 마침내 마을의 술집에서 장교의 전령병과 다정하게 식탁에 마주 앉아 있는 그를 찾아냈다. 백작이 따졌다.

“8시에 말을 마차에 매라는 말을 못 들었나?”

“듣고말고요. 그런데 그 후에 딴 지시가 내려와서요.”

“무슨 지시?”

“절대로 마차에 말을 매지 말라고요.”

“누가 그따위 지시를 했어?”

“나 참! 프로이센군 장교 아니면 누굽니까?”

“아니 왜?”

“그걸 제가 어떻게 압니까? 가서 물어보시지요. 말을 매지 말라니까 저야 그대로 따랐을 뿐입니다요.”

“장교가 직접 자네에게 지시했나?”

“아뇨. 여관 주인이 그의 명령이라면서 전달하더군요.”

“언제 그랬어?”

“어젯밤에 제가 자리에 들려던 참이었지요.”

세 남자는 심히 불안한 마음으로 돌아갔다.

포랑비 씨를 만나려고 했으나, 하녀가 주인은 천식 때문에 10시 이전에는 일어나지 않는다고 했다. 불이나 나면 모를까 그 시간 이전에 주인을 깨우는 것은 절대로 금지되어 있다는 것이었다. 장교를 만나보고 싶었지만 비록 한집에 묵고 있더라도 그것은 전혀 불가능한 일이었다. 민간인의 일에 관한 한 포랑비 씨만이 그와 이야기할 수 있는 허가를 받고 있었다. 그래서 기다릴 수밖에 없었다. 여자들은 다시 자기들의 방에 올라가서 무의미한 짓으로 시간을 보냈다.

코르뉘데는 불이 훨훨 타고 있는 부엌방의 높다란 벽난로 아래 자리를 잡고 앉았다. 그는 그곳으로 작은 커피 쟁반과 맥주병을 가져오게 한 뒤에 파이프를 꺼냈다. 이 민주주의자는 이 파이프를 자신의 몸만큼 소중히 여기고 있었다. 마치 이 파이프가 코르뉘데에게 봉사함으로써 조국에 봉사하고 있기나 한 것 같았다. 탄복할 만큼 멋지게 담뱃진이 밴 이 해포석(海泡石) 파이프는 주인의 이처럼 새까맸지만, 구수한 냄새, 구부러진 모양, 번쩍이는 윤택 모두 주인의 손에 익어서 주인의 용모의 일부가 되어 있었다. 벽난로에서 타는 불과 맥주잔 위를 덮고 있는 거품을 물끄러미 바라보며 코르뉘데는 꼼짝도 하지 않았다.

한 모금 들이킬 때마다 만족스럽다는 듯이 마르고 길쭉한 손가락으로 기름때가 묻은 긴 머리카락을 쓸어 올리며 거품이 술처럼 달라붙은 코밑수염을 혀로 쓸고 있었다.

루아조는 발이 저리다는 핑계로 밖으로 나갔는데, 이 고장의 소매상들에게 포도주를 팔기 위해서였다. 백작과 공업가는 정치를 논하기 시작했다. 그들은 프랑스의 장래를 전망했다. 한쪽은 오를레앙파를 믿고 있었고 상대방은 미지의 구원자, 말하자면 모든 것이 절망스러울 때에 홀연히 나타날 영웅을 믿고 있었다. 이 구원자가 게슬랭(백년전쟁 때 활약한 프랑스 총사령관 – 옮긴이) 같은 사람일지, 또는 잔 다르크 같은 사람일지, 혹은 나폴레옹 1세일 것인지? 아! 황태자가 저렇게 어리지만 않았어도! 코르뉘데는 그들의 말을 들으면서 운명을 자기 손아귀에 쥐고 있는 사람처럼 빙그레 웃고 있었다. 그의 파이프는 방을 담배 냄새로 가득히 채웠다.

10시가 되자 포랑비 씨가 나타났다. 그는 곧 질문의 화살을 받았다. 그는 똑같은 말을 두세 번 되풀이할 수밖에 없었다.

"장교가 나한테 이렇게 말하더군요. '포랑비 씨, 내일 이 승객들의 마차에 말을 매지 못하게 하시오. 명령이 있을 때까지 그 사람들은 못 떠납니다. 알았소? 그뿐이오.'"

사람들은 장교를 만나려고 했다. 백작이 카레 라마동 씨의 이름과 칭호를 자기의 명함에 함께 적어서 장교에게 보냈다. 프로이센 장교는 점심을 먹고 나서, 말하자면 1시경에 이 두 사람과의 면담을 허락한다는 회답을 보내왔다.

부인네들이 다시 나타났고 모두들 불안하기는 했지만 조금씩 식사를 했다. 비곗덩어리는 몸이 불편하고 심기가 편치 않은 듯했다.

커피를 마시고 났을 때 전령이 신사들을 부르러 왔다.

루아조도 함께 가기로 했다. 그들은 교섭의 격식을 높이기 위해서 코르뉘데까지 끌어들이려고 했으나, 그는 프로이센 놈과는 여하한 교섭도 하고 싶지 않다고 잘라 말했다. 그는 벽난로 옆의 자리로 돌아가서 맥주를 또 한 병 시켰다.

세 사람은 위층으로 올라가 장교가 기다리고 있는 방으로 인도되었다. 이 여관에서 제일 좋은 방이었다. 장교는 벽난로 위에 발을 올려놓고 긴 도자기 파이프로 담배를 피우며 안락의자에 누워 있었다. 그는 저속한 취미를 가진 어느 부르주아의 빈 집에서 탈취한 듯한 새빨간 실내복을 걸치고 있었다. 장교는 일어나지도 않았으며 그들에게 인사도 없었고 시선을 돌리지도 않았다. 이 자는 승리한 군인에게서 으레 볼 수 있게 마련인

무례함의 전형을 보여주고 있었다.

얼마 후에 마침내 그가 입을 열었다.

"왜 왔소?"

"저희들은 출발하고 싶습니다." 백작이 말을 꺼냈다.

"안 됩니다."

"죄송하지만 거절하시는 이유를 알 수 없을까요?"

"내가 원치 않기 때문이오."

"장교님, 죄송하지만 사령관께서 디에프까지 갈 수 있는 여행 허가증을 우리에게 교부하셨다는 점을 고려해주시기 바랍니다. 저희들은 이렇게 엄한 처분을 받을 만한 일은 조금도 한 것 같지 않습니다."

"내가 원치 않는다니까……. 이유는 그것뿐이오……. 내려들 가시오."

세 사람은 모두 허리를 굽신거리고 물러나왔다.

비참한 오후였다. 프로이센 놈이 변덕을 부리는 이유를 전혀 짐작할 수 없었다. 여러 가지 해괴한 생각에 그들의 머리는 어지러웠다. 다 같이 부엌방에 모여 앉아서 있을 것 같지도 않은 일들을 상상해가며 밑도 끝도 없이 논의를 벌이고 있었다. 인질로 잡아두자는 것일까? 혹은 그보다는 차라리 상당한 액수의 석방금을 요구하려는 건 아닐까? 바로 여기에 생각이 미치자 그들은 미칠 듯한 공포에 사로잡혔다. 가장 돈이 많은 사람들이 누구보다도 두려워했다. 목숨을 건지기 위해서 이 뻔뻔스러운 프로이센 놈의 두 손에 황금이 가득 찬 돈 자루를 쏟아줄 수밖에 없는 자신들의 꼴이 벌써부터 눈에 선했다. 그들은 어떻게 그럴싸한 거짓말로 부자라는 것을 숨기고 말할 수 없이 가난한 사람으로 행세할 수 있을까 머리를 쥐어짰다. 루아조는 시곗줄을 풀어서 호주머니 안에 감추었다. 밤이 되자 두려움은 더해만 갔다. 램프에 불이 켜졌다. 저녁 식사까지는 아직도 두 시간이나 남아 있었기에 루아조 부인은 카드놀이를 하자고 했다. 기분 전환이 될 법도 했다. 다들 찬성했다. 코르뉘데까지도 예의상 파이프를 끄고 한몫 끼었다.

백작이 카드를 쳐서 돌렸는데, 비곗덩어리가 단번에 으뜸 패를 잡았다. 놀이에 신이 나서 그들의 머리를 괴롭히던 공포심도 이내 가시고 말았다. 코르뉘데는 루아조 부부가 속임수를 쓰려고 서로 눈짓하는 것을 알아채고 있었다.

사람들이 막 식탁에 앉으려던 참에 포랑비 씨가 다시 나타났다. 담이 걸려서 가랑가랑하는 목소리로 그가 알렸다.

"프로이센 장교가 엘리자베트 루세 양의 생각이 아직도 달라지지 않았는지 물어보라고 합니다."

비곗덩어리는 새파랗게 질려서 서 있었다. 이윽고 안색이 새빨개지더니, 너무나 분통이 치미는지 숨이 막혀 입도 열지 못하고 있었다. 마침내 말문이 터졌다.

"그 더러운 놈, 그 프로이센의 썩은 송장한테 말하세요. 난 절대로 말을 듣지 않겠다고요. 아셨지요? 절대로, 절대로, 절대로 안 된다고요!"

뚱뚱한 여관 주인이 나갔다. 그러자 모두들 비곗덩어리를 둘러싸고 전번에 프로이센 장교를 만났을 때에 무슨 일이 있었는지 말해달라고 졸랐다. 처음에는 말해줄 수 없다고 버텼지만 곧 치미는 분노를 못 이기고 고함을 지르고 말았다.

"그놈이 뭘 원하느냐고요? 나보고 함께 자자는 거예요!"

그렇게 노골적인 말에도 아무도 충격을 받지 않았다. 그들의 분노가 너무 컸기 때문이었다. 코르뉘데는 맥주잔을 탁자 위에 꽝 놓다가 깨뜨렸다. 이 무지막지한 군인에 대해서 비난의 아우성이 일어났다. 노기충천해서 마치 비곗덩어리가 당하는 수난의 일부를 각자 부담하라고나 한 것처럼 모두가 항거하기 위하여 일치단결했다. 백작은 그놈들이 옛날의 야만족과도 같은 짓을 한다고 혐오에 찬 한마디를 했다. 특히 부인들은 진심으로 깊은 동정심을 비곗덩어리에게 보였다. 식사 시간에나 모습을 보이는 수녀들은 머리를 숙인 채 말이 없었다.

그러나 당초의 분노가 가시자 모두들 저녁을 먹었다. 모두들 별로 말없이 생각에 잠겨 있었다.

부인들은 일찍 물러갔다. 남자들은 담배를 피우면서 카드 판을 벌였다. 여관 주인 포랑비 씨도 초대받았다. 프로이센 장교의 고집을 꺾을 수 있는 방법을 그에게 교묘하게 물어볼 생각이었다. 그러나 그는 카드에만 정신이 팔려서 남의 말은 듣지도 않았고 대답도 하지 않았다. "노름이나 해야지, 자 노름이나 합시다" 하는 말만 연방 되풀이할 뿐이었다. 침 뱉는 일도 잊고 있을 만큼 그는 카드에 정신이 팔려 있었다.

그래서 그의 가슴속에서는 가래 끓는 풍금 소리가 계속 울려 나왔다. 씩씩거리는 그의 폐에서는 천식의 온갖 음계가 다 나왔다. 낮고 깊은 소리로부터 어린 수탉이 소리를 지르느라고 짜내는 날카롭고 목쉰 소리까지 다양했다. 마누라가 졸려서 못 견디겠다고 부르러 왔는데도 그는 방에 올라가기 싫다고 했다. 마누라는 혼자 자러 가고 말았다. 그녀는 아침형이라서 언제나 해가 뜰 때 함께 일어났고 남편은 저녁형이라서 언제나 친구들과 함께 밤을 새울 준비가 되어 있었다.

"레드풀(우유에 계란 노른자를 푼 음료 – 옮긴이)이나 불 위에 올려놔."
그는 소리를 지르고 다시 승부에 열중했다. 그로부터는 아무것도 알아낼 수 없다는 것을 알자 모두들 잘 시간이 되었다고 하면서 각자 자기 방으로 돌아갔다.

다음 날도 역시 막연한 희망과 더욱 강해진 출발에의 욕망과 이 지긋지긋한 여관에서 또 하루를 지내야 한다는 두려움을 안고 사람들은 꽤 일찍 일어났다.

하지만 맙소사! 말들은 마구간에 그대로 매여 있었고 마부는 보이지 않았다. 사람들은 마차 주위를 맴돌며 어찌할 바를 몰랐다.

아침 식사 자리는 매우 침울했다. 비곗덩어리를 향한 무엇인지 모를 쌀쌀한 공기가 감돌고 있었다. 밤이라는 요정이 비곗덩어리의 동행들에게 충고를 해주어 그들의 판단을 바꾸어 놓았던 것이다. 일행이 아침에 일어났을 때 뜻밖의 희소식에 놀라지 않은 데 대해서, 그녀가 비밀리에 프로이센 장교를 찾아가지 않았다는 데 대해서 그들은 이제 이 창녀에게 거의 원망에 가까운 감정을 품고 있었다. 그보다도 더 간단한 일이 어디 있겠는가? 게다가 누가 알 수 있단 말인가? 일행의 슬픔이 보기에 딱해서 왔노라고 장교에게 말한다면 체면을 살릴 수도 있을 것 아닌가? 저런 여자에게 그런 일이 대수롭기나 할 것인가?

그러나 아직은 아무도 이런 생각을 입 밖에 내지 않았다.

오후에 모두들 지루해서 못 견뎌 하는 것을 보고 백작이 마을 언저리로 산보나 가자는 의견을 내놓았다. 난롯가에 앉아 있는 편이 더 좋다는 코르뉘데와 교회나 신부의 집에서 일정을 보내겠다는 수녀들을 빼놓고 이 작은 집단은 제각기 몸을 잘 감싸고 밖으로 나섰다.

나날이 혹심해 가는 추위에 코와 귀가 얼얼했다. 발이 하도 시려서 한 발짝 옮겨 놓기도 고통스러웠다. 들판이 보였다. 끝간 데 없이 흰 눈에 덮인 들판은 소름이 끼치도록 음산해 보여 모두들 얼어붙은 마음과 조여 드는 가슴을 안고 곧 돌아서고 말았다.

부인들 넷이 앞장을 서고 세 남자들은 좀 떨어져서 뒤를 따랐다.

루아조는 자기네들의 처지를 잘 알고 있었다. 그는 '저 계집'이 언제까지나 자기들을 이런 곳에 붙들어 둘 작정인가, 라고 불쑥 말을 던졌다. 언제나 점잖은 백작은 이렇게 고통스러운 희생을 어떤 여자에게라도 강요할 수 없는 일이니, 여자가 자진해서 해주기를 바랄 수밖에 도리가 없다고 말했다. 카레 라마동 씨는 만일에 프랑스군이 소문대로 디에프 쪽에서 역습해 온다면 필시 토트에서 전투가 벌어질 수밖에 없을 것이라고 걱정했다. 그 말에 다른 두 사람은 불안해졌다.

"걸어서 도망치는 것이 어떨까요?"

루아조가 말했다.

백작은 어깨를 으쓱해 보였다.

"이 눈 속에? 여자들을 데리고? 그게 가능할 것 같소? 그렇게 되면 곧 추격당할 것이고 10분도 못 가서 병사들에게 꼼짝없이 붙잡혀 다시 끌려오고 말 거요."

그것은 틀림없는 사실이었다. 모두들 입을 다물었다.

부인들은 옷차림에 대한 이야기를 하고는 있었으나 어쩐지 어색하고 자연스럽지 않았다.

길 저쪽에서 프로이센 장교가 불쑥 나타났다. 지평선을 그리고 있는 흰 눈 위에 군복을 입은 그의 날씬하고 키 큰 자태가 모습을 드러낸 것이다. 그는 정성들여 닦은 장화를 더럽히지 않으려는 군인들의 독특한 동작으로 무릎을 벌린 채 걷고 있었다.

부인들의 옆을 지나갈 때에 그는 머리를 숙여 인사했으나, 위엄을 지킨답시고 모자를 벗지 않은 남자들은 멸시의 눈초리로 흘겨보았을 뿐이었다. 그래도 루아조는 모자를 벗으려는 몸짓을 잠깐 하려다 말기는 했다.

비곗덩어리는 귓불까지 새빨갛게 물들었다. 결혼한 세 여자는 그 군인이 그렇게도 무례하게 대할 수 있었던 여자와 자신들이 함께 있는 모습을 그에게 보인 것에 대해 말할 수 없는 모욕을 느꼈다.

이어서 여자들은 그 장교의 풍채며 용모 등, 그에 대한 이야기를 나누었다. 많은 장교들을 알고 있으며 그들에 대한 전문 감식가로 자처하는 카레 라마동 부인은, 그 장교가 제법 쓸 만하다고 말했다. 심지어 그녀는 그가 프랑스 사람이 아닌 것을 퍽 유감스럽게까지 여겼다. 그만하면 틀림없이 여자들을 반하게 할 수 있는 썩 훌륭한 경기병 장교가 될 수 있으리라는 것이었다.

막상 여관으로 돌아오고 보니 무엇을 해야 할지 알 수 없었다. 하찮은 일에도 가시 돋친 말이 오고 갔다. 저녁 식사는 침묵 속에서 이내 끝이 났다. 잠든 사이에 시간이 경과해주기나 바라고 제각기 잠자리에 들었다.

다음 날은 모두 지친 얼굴과 안타까운 심정으로 내려왔다. 부인들은 비곗덩어리에게는 말도 건네지 않았다.

종이 울렸다. 세례식을 알리는 종소리였다. 비곗덩어리에게는 이보트의 농가에 맡겨 기르고 있는 애가 하나 있었다. 그녀는 그 애를 일 년에 한 번도 잘 만나지 않았을 뿐만 아니라 별로 생각하는 일도 없었다. 그러나 지금 곧 어떤 아이가 세례를 받게 된다는 생각에 갑자기 자기 아이에 대한 뜨거운 애정이 그녀의 마음속에 솟구쳤다. 그녀는 세례식에 꼭 가보고 싶었다.

비곗덩어리가 떠나자마자 모두들 서로의 얼굴을 쳐다보았다. 그리고 의자를 서로 가까이했다. 무언가를 결정해야 한다는 것을 분명히 느낀 때문이었다. 루아조가 묘안을 내놓았다. 비곗덩어리 하나만 붙잡아 두고 다른 사람들은 출발하게 해달라는 요청을 장교에게 하자는 것이 그의 의견이었다.

포랑비 씨가 다시 심부름을 맡았다. 그러나 그는 올라가기가 무섭게 다시 내려왔다. 인간의 본성을 잘 알고 있는 장교는 포랑비 씨가 말을 끝내기도 전에 손가락으로 문을 가리켰다. 그를 쫓아내고 말았던 것이다. 자기의 욕망이 채워지지 않는 한 그는 이 사람들을 모두 다 붙잡아 둘 심산이었던 것이다.

급기야 루아조 부인의 상스러운 기질이 폭발하고 말았다.

"그렇다고 우리가 여기서 늙어 죽을 수는 없잖아요! 어느 사내하고나 그 짓을 하는 것이 그 갈보 년의 직업인데 이 남자는 좋고 저 남자는 싫다며 가릴 권리가 어디 있어요. 생각해보세요. 글쎄, 루앙에서는 심지어 마부랑도 닥치는 대로 그 짓을 했지 뭡니까! 정말이에요, 부인, 군청의 마부란 말이에요! 그 자가 우리 집에서 술을 사가기 때문에 잘 알지요. 그런데 우리들을 궁지에서 빼내 줘야 하는 이 마당에 얌전을 떨고 있단 말이에요. 그 갈보 년이……! 나는 그 장교가 퍽 점잖다고 생각해요. 아마 오랫동안 여자가 아쉬웠을 거예요. 틀림없이 우리 세 사람이 더 마음에 있었겠지요. 그런데도 우리들을 다 젖혀놓고 그 계집으로 만족하겠다는 거예요. 남편이 있는 부인을 존중하는 거지요. 그 사람이 이곳의 주인이라는 것을 생각해보세요. 그 사람이 '내가 하고 싶다' 하면 그만이지요. 병사들을 동원해서라도 우리를 강제로 겁탈할 수 있었을 거예요."

두 부인은 몸서리쳤다. 예쁜 카레 라마동 부인의 두 눈은 번쩍 빛났고 마치 벌써 장교에게 겁탈이라도 당하고 있는 것처럼 얼굴빛이 약간 창백해졌다.

따로 떨어져서 이야기하고 있던 남자들이 가까이 왔다. 루아조는 노기를 띤 어조로 그 더러운 계집의 손발을 묶어서 적에게 내주자고 했다. 그러나 삼대에 걸쳐서 대사직을 지내온 가문 출신으로서 외교관적인 기질이 풍부한 백작은 수단 방법을 중시하는 쪽이었다.

“그 여자의 마음을 돌리도록 해야지요”라고 그는 말했다.

그들은 모의를 했다.

여자들은 머리를 맞대고 목소리를 낮추었다. 제각기 의견이 속출해서 이야기는 아주 일반적인 문제로 번져갔다. 하지만 분위기는 절대로 상스럽지 않았다. 부인들은 지극히 노골적인 이야기를 할 때도 슬쩍 말을 돌릴 줄 알았고 교묘하고 세련된 표현을 찾아냈다. 외국인이라면 도대체 무슨 이야기를 하고 있는지 모를 만큼 조심스러웠다. 하지만 사교계의 여성들이 누구나 뒤집어쓰고 있는 정숙이라는 엷은 베일은 표면만을 살짝 가리고 있는 법이어서, 실상 그녀들은 이렇게 잡스러운 이야기를 하면서 흥에 겨워하고 있었다. 그리고 마치 식도락을 즐기는 요리사가 남들의 식사를 준비할 때처럼, 관능적 쾌락을 음미하고 욕정을 주물럭거리면서 그것들을 속속들이 맛보고 있는 듯 쾌락에 빠져든 것이다.

마침내 어찌나 즐거웠는지 이 모든 일이 너무 재미있는 일처럼 여겨지기까지 했다. 백작은 이러한 농담이 지나치게 노골적이라고 생각했지만 표현이 너무 교묘했기 때문에 미소 짓지 않을 수 없었다. 루아조는 더 지독한 상소리를 했으나 아무도 기분이 상하지는 않았다. 루아조의 아내가 "그 짓이 그 갈보 년의 직업인데, 왜 이 남자는 좋고 저 남자는 거절하는 거야?"라고 했던 노골적인 표현이 모두의 머리를 지배하고 있었던 것이다. 귀여운 카레 라마동 부인은 자기가 비곗덩어리였다면 다른 남자 대신 오히려 이 프로이센 장교를 택하리라는 생각까지도 하고 있는 모양이었다.

모두들 마치 포위하고 있는 요새를 공략하려는 듯 오랫동안 전투 준비를 했다. 각자가 맡은 역할, 들고 나설 논법, 실행해야 할 책략 등에 합의를 보았다. 이 살아 있는 요새가 꼼짝없이 그 품 안에 적을 안아 들이지 않을 수 없게 하기 위한 작전 계획, 전략, 습격 방법 들을 결정했다. 하지만 코르뉘데는 시종일관 떨어져서 이러한 일에는 전혀 관여하지 않았다.

다들 너무 열중하고 있었기 때문에 비곗덩어리가 들어오는 것도 알아차리지 못했다. 그런데 백작이 쉿, 하고 가볍게 주의를 주어서 모두들 고개를 들었다. 비곗덩어리가 옆에 와 있었다. 황급히 입을 다물었으나 어쩐지 어색해서 곧 그녀에게 말을 걸 수도 없었다. 그러나 누구보다도 살롱의 위선에 능숙한 백작 부인이 "세례식은 재미있었어요?" 하고 물었다.

아직도 감동이 가시지 않은 비곗덩어리는 교회에 나온 사람들의 얼굴, 태도 등 심지어는 교회의 생김새까지도 빼놓지 않고 이야기했다. 그녀는 덧붙여 말했다.

"가끔 기도를 드린다는 것은 정말 좋은 일이에요."

비곗덩어리의 신뢰심을 확고히 해주어 자기네의 권유를 그녀가 쉽게 따르게 하기 위해 점심 식사를 할 때까지 부인들은 그녀에게 친절하게 대했다.

식탁에 앉자마자 행동이 개시되었다. 처음에는 희생정신에 관해서 막연한 이야기가 오고 갔다. 옛날에 있었던 전례들을 인용하는 것이었다. 유딧(유대의 여걸[女傑]로, 베투리시를 구출하기 위해 적장 홀로페르네스를 유혹하여 그의 목을 베었다－옮긴이)과 홀로페르네스 이야기를 했고, 다음에는 아무 상관도 없는 뤼크레스와 섹스투스 이야기를 했으며 이어서 적장들을 모조리 자기의 침실로 끌어 들여서 노예처럼 만들어버린 클레오파트라를 인용했다. 그러고는 이 무식한 백만장자들의 상상에서 나온 황당무계한 이야기들이 전개되었다. 로마의 여성들이 카푸아로 가서 한니발과 그의 장수들, 그리고 수많은 용병들을 그녀들의 품 안에서 잠들게 했다는 것이었다. 자기들의 몸을 싸움터로 하고, 승리의 수단과 무기로 삼아서 정복자를 막아낸 모든 여성과, 흉악하고 가증스러운 적을 영웅적인 애무로써 굴복시키고, 복수와 충성을 위해서 정조를 희생시킨 모든 여성을 인용했다.

자기의 몸에 일부러 무서운 전염병을 접종시켜서 나폴레옹에게 옮겨주려고 했으나 나폴레옹이 치명적인 밀회의 순간에 갑자기 양기가 빠져서 기적적으로 위기를 모면했다는 영국의 명문 출신의 부인에 대한 이야기까지도 애매한 표현으로 나왔다. 이 모든 사실을 예의와 절도에 벗어남이 없이 이야기하기는 했으나 경쟁심을 북돋기 위해서 이따금 의식적으로 열변을 토하기도 했다.

마침내 이 세상에서 여자가 해야 할 유일한 역할은 끊임없이 자기 몸을 희생해서 군인들의 변덕스러운 욕정에 몸을 내맡기는 일뿐이라고 믿게 만들 지경이었다. 두 수녀는 깊은 사색에 잠겨 있기 때문에 아무런 말도 듣지 못한 것 같았고 비곗덩어리는 시종 말이 없었다.

그날 오후 내내 사람들은 비곗덩어리를 내버려두었다. 혼자 잘 생각해보라는 뜻이었다. 그러나 예전처럼 그녀를, '마담'이라고 부르지 않고 '마드무아젤'이라고 불렀다. 아무도 뚜렷한 이유는 모르고 있었지만 터무니없이 받고 있는 존대의 지위로부터 이 여자를 끌어내려서 그녀의 수치스러운 신분을 자각하게 만들려는 것 같았다.

수프가 나왔을 때 포랑비 씨가 나타나서 전날 하던 말을 되풀이했다.

"프로이센 장교가 아직도 엘리자베트 루세 양의 생각이 달라지지 않았는지 물어보라고 합니다."

비곗덩어리는 쌀쌀하게 대답했다.

"변하지 않았어요."

저녁 식사 때에는 합동 작전이 약화되었다. 루아조는 서투른 말을 세 번이나 하고 말았고 제각기 새로운 전례(典例)를 찾아내려고 애를 썼지만 성공하지 못했다. 그런데 백작 부인이, 무슨 저의(底意)가 있어서가 아니라 다만 종교에 대해서 경의를 표하고 싶은 막연한 생각에서였는지, 성자들의 생애에서 가장 위대한 업적에 대해서 나이 많은 수녀에게 물었다. 수녀는 많은 성자들이 우리의 눈에는 죄악으로 보이는 행위를 저질렀지만 그들이 신의 영광과 이웃의 행복을 위해서 그러한 일을 범했기 때문에 교회는 이러한 대죄를 무난히 용서했다는 말을 했다.

그것은 강력한 논거였다. 백작 부인은 이내 그것을 이용했다. 이 늙은 수녀는, 암묵적으로 그 질문의 취지를 나름 이해한 것인지, 아니면 성직자 옷을 입은 사람이라면 누구나 능숙해 있는 겉만 번지르르한 친절에서인지, 아니면 단순히 어리석음 때문인지 몰랐지만—그런 어리석음은 때로는 전화위복이나 구원을 가져오기도 한다—결국 이 음모에 엄청난 뒷받침 역할을 했다. 수줍은 줄로만 알았던 이 수녀는 대담하고 수다스럽고 억센 면모를 보여주었다.

그녀는 종교의 원리가 실제 삶에 적용될 때 빚어질 수도 있을 갈등 따위로 고민하지 않았다. 그녀의 교리는 철석같았고 신앙은 머뭇거리지 않았다. 그녀의 양심에 조금도 거리낌이 없었던 것이다. 하늘에서 내린 명령이라면 당장에 부모라도 죽일 수 있을 것 같은 이 수녀로서는 아브라함의 희생쯤은 지극히 간단한 일이라고 생각했다. 그녀의 생각으로는 뜻하는 바가 훌륭하다면 그 어떠한 일도 주님의 뜻을 거스르지 않았다. 백작 부인은 이 뜻밖의 공모자의 성스러운 권위를 이용해서 그녀로 하여금 '목적은 수단을 정당화한다'라는 격언을 알기 쉽게 풀이하게끔 유도했다.

백작 부인이 수녀에게 물었다.

"그렇다면 수녀님은 동기만 순수하다면 그 어떤 수단이나 행동이건 모두 하느님이 용납해주신다고 생각하시나요?"

"의심할 필요도 없지요, 부인! 그 자체는 비난받을 행위일지라도 그 행위를 불러일으킨 생각이 무엇이냐에 따라 명예로운 행위가 될 수 있답니다."

그녀들은 이처럼 제멋대로 하느님의 뜻을 해석하고 하느님의 판결을 예견했으며, 실은 하느님과 아무 관련도 없는 일에 하느님을 끌어들이면서 이야기를 이어나갔다.

이 모든 것은 신중하고 교묘했으며 은밀했다. 그리고 수녀모를 쓰고 있는 이 성스러운 여자의 한 마디 한 마디가 창부의 분연한 항거에 조금씩 금이 가게 만들고 있었다. 이야기의 방향이 약간 바뀌어 묵주를 드리운 이 여인이 자기네 수녀원에 대해, 수녀원장에 대해, 자기 자신에 대해, 옆에 있는 귀여운 수녀 생니포르 수녀에 대해 이야기하기 시작했다. 자기네 두 사람은 천연두에 걸린 수백 명의 병사들을 수용하고 있는 르아브르 병원으로 그들을 간호하기 위하여 불려간다는 것이었다. 그녀는 이 불쌍한 병사들의 상황을 묘사했고 그들의 병에 관해서 상세히 설명했다.

프로이센 장교의 변덕 때문에 중도에서 이렇게 붙들려 있는 동안에도 아마 자기네들이 구해낼 수도 있을 수많은 프랑스 병사들이 죽어가고 있는지도 모른다! 군인들을 간호하는 것이 이 수녀의 전문 분야였다. 그녀는 크리미아 반도에도, 이탈리아에도, 오스트리아에도 있었다. 싸움터에서의 자신의 활약상을 이야기하면서 그녀는 천성적으로 전선을 쫓아다니도록 태어난, 치열한 전투 중에 부상병들을 거둬들이고 거칠고 규율 없는 병사들을 단 한 마디 말로 그 어느 장군보다 더 잘 제압할 수 있는, 성스러운 북과 나팔의 여인이 되었다. 수없이 구멍이 파인 그녀의 곰보 얼굴이 바로 전쟁의 황폐를 그대로 보여주고 있는, 범접하기 어려운 거룩한 성녀 같았다!

그녀의 말이 끝나자 좌중에서는 아무도 감히 입을 여는 사람이 없었다. 그만큼 그녀의 말이 빚어낸 효과는 훌륭했다.

식사를 끝마치고 나서 사람들은 황급히 자기들 방으로 올라갔고 이튿날은 느지막해서야 아래로 내려왔다.

점심 식사 시간은 조용한 가운데 흘러갔다. 그 전날 뿌린 씨가 싹이 터서 열매를 맺을 시간을 충분히 준 셈이었다.

백작 부인이 오후에는 산보나 하자는 제안을 했다. 그러자 미리 합의가 된 대로 백작은 비곗덩어리의 팔을 붙잡고 다른 사람들보다 뒤처져서 그녀와 함께 걸었다.

백작은 비곗덩어리에게 허물없이 딸을 대하는 듯이 말했으며 그와 같은 신분의 사내들이 그녀와 같은 부류의 여자들에게 쓰는 다소 얕잡아 보는 말투를 썼다. 백작은 그녀를 "아가씨"라고 부르며 자기의 사회적 지위와 말할 나위 없이 고귀한 신분을 잊지 않고서 이 여자를 고자세로 다루었다. 그는 곧바로 문제의 핵심으로 들어갔다.

"그래, 지금까지 살아오면서 남자들에게 수없이 베풀었던 호의를 한 번 더 베푸는 것보다 프로이센군이 궁지에 몰렸을 때 아가씨나 우리들이 겪게 될 폭력 가운데 모두를 던져버리는 것이 낫단 말인가요?"

비곗덩어리는 아무 대답이 없었다.

백작은 부드러움으로, 논리로, 감정으로 그녀에게 호소했다. 그는 필요에 따라서 은근히 비위를 맞추기도 하고 심지어 애교를 피우면서도 자신이 '백작 나리'라는 것을 잊지 않고 있었다. 이 여자가 자기들을 위해서 해줄 수 있는 봉사를 찬양하고 그 고마움에 대해 말해주었다. 그러고는 별안간에 즐거운 듯 그녀에게 아주 친근하게 반말을 했다.

"이봐, 그 장교가 말이야, 자기 나라에서는 경험할 수 없는 예쁜 여자를 맛봤다고 자랑할 거 아니야?"

비곗덩어리는 아무 대답도 없이 일행과 합류했다.

여관에 돌아오는 길로 그녀는 자기 방으로 올라가더니 다시 나타나지 않았다. 사람들의 불안은 이루 말할 수 없었다. 어떻게 할 작정일까? 끝내 말을 듣지 않는다면 무슨 낭패인가!

저녁 식사를 알리는 종이 울렸다. 모두들 그녀를 기다렸으나 허사였다. 그러자 포랑비 씨가 들어와서 마드무아젤 루세는 몸이 편찮으니 먼저 식사를 하란다고 알렸다. 모두들 귀가 번쩍 뜨였다. 백작이 여관 주인에게 다가가서 아주 낮은 목소리로 물었다.

"잘 되어 가고 있소?"

"그렇습니다."

백작은 체면상 일행에게는 아무 말도 하지 않고 가볍게 고개만 끄덕였다. 곧 큰 안도의 한숨이 모두의 가슴에서 새어 나왔고 얼굴에는 생기가 돌았다. 루아조가 소리쳤다.

"제기랄, 이 집에 샴페인이 있다면 내가 한턱낸다!"

여관 주인이 샴페인 네 병을 손에 들고 들어왔을 때에 루아조 부인은 속이 쓰렸다. 모두들 갑자기 수다스러워지고 떠들썩해졌다. 그들의 마음은 온통 잡스러운 기쁨에 들떠 있었다. 백작은 카레 라마동 부인의 매력에 끌리고 있는 것 같았으며, 공업가는 백작 부인의 비위를 맞추고 있었다. 이야기는 활기를 띠었고 흥겨웠으며 재치가 흘러넘쳤다.

별안간 루아조가 얼굴에 불안한 빛을 띠더니 팔을 들며 소리쳤다.

"조용히!"

모두들 깜짝 놀랐고 이내 겁에 질려서 입을 다물었다. 그러자 루아조는 손짓으로 '쉬!' 하며 천장을 바라보며 귀를 기울이더니 평상시의 목소리로 돌아가서 말했다.

"안심들 하세요. 잘 되어가고 있습니다."

처음에는 무슨 뜻인가 했으나 곧 미소들을 지었다.

15분쯤 지나자 그는 또 한 번 똑같은 익살을 부렸다. 그러고는 저녁 내 몇 번이나 그 짓을 되풀이했다. 루아조는 외판원들 사이에서 쓰는, 두 가지 의미를 가진 낱말을 사용하여 위에 있는 그 누군가에게 질문도 하고 조언도 하는 식의 익살을 부리기도 했다. 그는 때때로 슬픈 듯한 표정을 지으면서 한숨을 내쉬고는, "불쌍한 계집"하기도 했고, 때로는 분격한 표정으로 이를 악물면서, "거지 같은 프로이센 놈아, 꺼져라!" 하고 중얼거리기도 했다. 이따금, 사람들이 그 일을 잊을 만하면 그는 떨리는 목소리로 몇 차례나 "그만! 그만!"이라고 소리 질렀다. 그러고는 혼잣말을 하듯이, "다시 그 계집을 만날 수 있도록 그 망할 놈이 그녀를 그 짓으로 죽이지 않아야 할 텐데!" 하는 것이었다.

그의 농담은 꽤나 역겨운 것이었지만 모두들 듣고 좋아했으며 아무도 기분이 상한 사람은 없었다. 분개의 감정도 다른 감정과 마찬가지로 분위기에 달려 있기 나름인데, 그들 주변에서 서서히 조성된 분위기는 음란한 생각으로 꽉 차 있던 때문이었다.

후식이 나왔을 때는 부인들까지도 조심스럽게 재치 있는 암시들을 했다. 눈들은 광채를 띠었으며 마구 술들을 마셨다. 카드 패를 던지는 데 있어서까지도 위엄을 지키는 백작이, 겨울이 끝나갈 무렵 북극 지방에 난파되었던 조난자들이 이윽고 봄이 되어 남쪽으로 길이 트이게 되었을 때 느끼는 기쁨을 자신들의 처지와 그럴듯하게 비교하기도 했다.

신바람이 난 루아조가 샴페인 술잔을 들고 일어났다.

"우리의 해방을 위해 건배!"

모두 다 일어서서 그에게 갈채를 보냈다. 두 수녀까지도 부인들의 권유에 못 이겨 한 번도 맛본 일이 없는 거품이 이는 술에 입술을 적셨다. 그녀들은 레몬사이다와 비슷하지만 맛이 더 좋다고 했다.

루아조가 이곳의 지금 상황을 요약하듯 말했다.

"카드리유(4인조 무용 – 옮긴이)곡이라도 한 곡 쳤으면 좋겠는데 피아노가 없어서 유감입니다."

코르뉘데는 말 한 마디, 몸짓 하나 하지 않았다. 그는 꽤 심각한 생각에 잠겨 있는 듯했다. 이따금 긴 수염을 더욱 늘이려는 듯이 세게 잡아당기기도 했다. 자정 무렵 모두 자리를 뜨게 되자 루아조가 비틀거리며 코르뉘데의 배를 별안간 툭 치더니 횡설수설 말을 걸었다.

"오늘 저녁에는 재미가 없으신 모양이군요, 아무 말이 없으시니 말이오, 시민 동지?"

그러자 코르뉘데는 고개를 번쩍 들고 사납게 번쩍이는 눈으로 좌중을 훑어보며 고함을 질렀다.

"모두에게 말하는데, 여러분은 오늘 저녁 파렴치한 짓을 했소!"

그는 일어서서 문으로 가더니 다시 한번 "파렴치한 짓을!"이라고 되풀이하고 나가버렸다.

마치 찬물을 끼얹은 것 같았다. 루아조는 어리둥절해서 멍하니 한참 서 있었으나 곧 침착성을 되찾고는 갑자기 요절할 지경으로 웃어젖히며 말했다.

"그림의 떡이란 말이지, 그림의 떡!"

모두들 무슨 말인가 의아해하자 그는 '복도의 비밀'을 알려주었다. 그러자 다시 말할 수 없이 흥겨운 분위기로 바뀌었다. 부인들은 미칠 듯이 좋아했다. 백작과 카레 라마동 씨는 웃음이 북받쳐서 눈물이 나올 지경이었다. 그들은 정말로 믿을 수 없었다.

"설마! 정말이오? 그 사람이 그랬다고……."

"내 눈으로 직접 봤다니까요."

"그래, 그 여자가 싫다고 했단 말이지……."

"옆방에 프로이센 장교가 있었기 때문이지요."

"그럴 리가?"

"틀림없어요."

백작은 웃음이 나서 숨이 막힐 지경이었다. 공업가는 배를 움켜쥐었다. 루아조는 이야기를 계속했다.

"이제 아셨겠지만, 오늘 저녁 일이 저 사람에게 유쾌할 리가 없지요."

세 남자들은 또다시 기침을 해대며 숨이 막히도록 웃기 시작했다. 너무 즐거워서 미칠 지경이었다.

잠시 후 그들은 곧 헤어졌다. 심술궂은 루아조 부인은 잠자리에 들면서 '새침데기'인 카레 라마동 부인이 저녁 내내 쓴웃음을 짓고 있더라는 말을 남편에게 했다.

"그런 여자들은 말예요, 프랑스 사람이건 프로이센 놈이건, 군복을 입은 남자라면 다 마찬가지로 좋아하지 뭐예요. 기막힌 일이에요!"

밤새도록 복도의 어두움 속에서는, 숨소리 같기도 하고, 맨발로 살금살금 걷는 소리 같기도 하고, 어렴풋이 삐걱대는 소리 같기도 한 분간하기 어려운 가벼운 소리가 들려왔다. 문지방 사이로 오래도록 가느다란 불빛이 새어 나왔던 것으로 보면 다들 늦게까지 잠들지 않았던 것은 분명했다. 샴페인을 마신 탓이었을 것이다. 그 술을 마시면 잠이 안 온다고들 하니까.

다음 날은 맑은 겨울날의 햇빛을 받고 백설이 눈부시게 빛났다. 드디어 말을 매어놓은 마차가 문 앞에서 기다리고 있었다. 그리고 장밋빛 눈동자 가운데 까만 점이 박힌 비둘기 떼가 탐스러운 날개털을 퍼덕이며 여섯 필의 말 다리 사이를 이리저리 바지런히 돌아다니면서 김이 나는 말똥을 파헤치고 먹이를 찾고 있었다. 양털 옷을 입은 마부는 마부석 위에 앉아서 담뱃대를 빨고 있었고 기쁨에 넘친 승객들은 나머지 여정에 대비해서 음식물을 분주히 챙겨 넣고 있었다.

이젠 비곗덩어리만을 기다리고 있었다. 마침내 그녀가 나타났다.

비곗덩어리는 거북해하고 부끄러워하는 눈치였다. 그녀는 일행이 있는 곳으로 조심스럽게 걸어왔다. 다들 그녀가 오는 것을 못 본 척 일제히 획 몸을 돌렸다. 백작은 위엄을 보이며 아내의 팔을 붙잡고 불결한 접촉을 피하듯 몸을 뺐다.

비곗덩어리는 놀라서 아연한 표정으로 잠시 서 있었다. 그러나 용기를 다해서 공업가의 아내에게 다가서며 공손히 "안녕하세요, 부인!"이라고 인사말을 건넸다.

공업가의 부인은 고개만 끄덕하며 불손한 답례를 하고는 마치 그 때문에 자신의 부덕(婦德)에 흠이라도 간 듯한 눈길을 했다. 모두들 분주한 체하면서 마치 비곗덩어리가 치마 속에 전염병이나 담고 온 것처럼 앞을 다투어 마차에 올랐다. 비곗덩어리는 맨 나중에 홀로 마차에 오르더니 처음 길을 오는 동안에 차지했던 자리로 가서 말없이 앉았다.

다들 이 여자를 보지도 못하고 알지도 못한다는 태도였다. 그런데 루아조 부인은 멀리서 화난 듯한 눈으로 이 여자를 지켜보더니 나지막한 목소리로 남편에게 소곤거렸다.

"저런 여자 곁에 앉지 않게 되어서 다행이에요."

육중한 차체가 흔들리고 여행은 다시 시작되었다.

처음에는 아무도 말이 없었다. 비곗덩어리는 감히 시선을 들지도 못했다. 그녀는 자리를 같이 하고 있는 모든 인간들에 대한 분노에 사로잡혀 있었으며 이들의 위선에 속아 프로이센 놈의 품에 안겼다는 사실에 대한 수치심으로 몸을 떨고 있었다.

곧이어 백작 부인이 카레 라마동 부인을 돌아보면서 이 견디기 어려운 침묵을 깨뜨렸다.

"데트렐 부인을 아시지요?"

"그럼요. 저의 친구예요."

"정말 매력 있는 여성이지요!"

"황홀할 정도예요! 재주도 타고 났고 교양도 높고 손가락 끝까지 예술가예요. 누구나 넋이 빠질 정도로 노래도 잘 부르고 그림 솜씨도 뛰어나요."

공업가는 백작과 이야기를 나누고 있었다. 마차 유리가 덜커덩 거리는 소리 사이로 이따금 '배당, 기한, 차액, 기한부' 같은 말들이 들려왔다.

제대로 닦지도 않은 여인숙 테이블 위에서 5년 동안 카드놀이에 익숙해진 루아조는 아내와 둘이서 카드놀이를 하고 있었다.

두 수녀는 허리띠에 늘이고 있던 묵주를 집어 들고 둘이 함께 성호를 그었다. 갑자기 그녀들의 입술들이 활발하게 움직이기 시작하더니 마치 기도 드리기 경쟁이나 하듯이 점점 더 급하게 알아들을 수도 없는 말을 중얼거렸다. 이따금 십자가에 입을 맞추고는 또다시 성호를 긋고 빠르고도 끊임없는 중얼거림을 다시 시작하는 것이었다.

코르뉘데는 꼼짝 않고 앉아서 생각에 잠겨 있었다.

떠나온 지 세 시간쯤 지났을 무렵에 루아조는 카드 판을 걷어치우고 말했다.

"배고프군."

그러자 그의 아내는 끈으로 묶은 꾸러미를 풀어서 송아지 냉육 한 덩이를 꺼냈다. 그것을 적당하게 얇고 빳빳한 조각으로 정성껏 잘라서 남편과 함께 먹기 시작했다.

"우리도 먹었으면 좋겠어요" 하고 백작 부인이 말했다.

모두들 동의했다. 백작 부인은 자기 부부와 카레 라마동 부부의 몫으로 준비해온 음식물을 풀어놓았다. 길쭉한 그릇 뚜껑에 사기로 만든 토끼 모양을 붙여놓아 마치 그 안에 토끼 고기가 들어 있다는 것을 표시해주고 있는 것 같았다. 지방이 여러 갈래로 퍼져나간 먹음직스러운 돼지고기가 그 안에 들어 있었으며 가늘게 다져놓은 다른 고기들도 있었다.

두 수녀는 마늘 냄새 풍기는 동그란 소시지 도막을 펴놓았다. 코르뉘데는 펑퍼짐한 외투의 큼직한 양쪽 호주머니에 두 손을 한꺼번에 쑥 집어넣더니 한쪽에서는 삶은 계란 네 개를, 또 한쪽에서는 빵 한 조각을 꺼냈다. 그는 계란껍질을 벗겨서 발밑의 짚더미 속에 던져버리고는 그대로 씹어 먹기 시작했다.

텁수룩한 수염 위에 반짝이는 노른자 부스러기가 떨어져서 수염 속에 별이 박힌 것 같았다.

비곗덩어리는 아침에 일어나자마자 당황스럽고 조급해서 아무것도 준비할 겨를이 없었다. 그녀는 분노에 숨이 막히고 화가 치밀어서, 태연하게 먹고 있는 이들 모두를 노려보고 있었다. 처음에는 끓어오르는 분노에 온몸이 떨렸다. 입술까지 밀려나온 욕설을 퍼부어 그들이 한 짓을 고발하려고 했으나 하도 분이 치밀어서 목이 메어 말이 잘 나오지 않았다.

누구 하나 그녀를 쳐다보거나 생각해주는 사람은 없었다. 그녀는 자기를 희생시키고 나서 이젠 더럽고 쓸모없는 물건처럼 자신을 내던져버린 이 교양 있는 불한당 무리들의 멸시 속에 빠져 허우적거리고 있는 느낌이었다. 그러자 이자들이 굶주린 이리 떼같이 먹어치워 버린 맛있는 음식들이 그득히 담겨 있던 커다란 자기의 바구니, 젤리를 바른 번지르르한 두 마리의 닭이며 파이들이 생각났다. 그러자 너무 세게 잡아당겨서 툭 끊어져버린 끈처럼 갑자기 분노가 사라지더니 곧 울음이 터져 나올 것만 같았다. 기를 쓰며 온몸에 힘을 주어 어린애처럼 오열을 삼켰으나 눈물이 솟아나와 눈시울을 적시더니 양쪽 뺨 위로 천천히 흘러내렸다. 이윽고 눈물은 걷잡을 수 없이 솟아 나와,

바위에서 스며 나오는 물방울처럼 흘러내렸고 불룩한 젖가슴 사이로 뚝뚝 떨어졌다. 아무도 자기를 바라보지 않기만을 바라며 그녀는 굳어버린 창백한 얼굴로 한곳만을 노려보고 똑바로 앉아 있었다.

그런데 백작 부인이 알아차리고 손짓으로 남편에게 알렸다. 그는 '그래서 어떻단 말이야, 내 잘못은 아니야'라고 하는 것처럼 어깨를 으쓱했다. 루아조 부인은 말없이 승리의 미소를 지으며 중얼거렸다.

"창피해서 우는 거야."

두 수녀는 먹다 남은 소시지를 종이에 꾸려 싸더니 다시 기도하기 시작했다. 계란을 다 먹어치운 코르뉘데는 앞자리의 의자 밑으로 기다란 다리를 뻗더니 몸을 뒤로 젖혀 팔짱을 낀 채, 재미나는 희극이라도 금방 보고 난 듯이 미소를 띠고서 라마르세예즈(프랑스 국가 – 옮긴이)를 휘파람으로 불기 시작했다.

다들 얼굴을 찌푸렸다. 이 민중적인 노래가 분명히 옆 사람들의 마음에는 들지 않았던 것이다. 그들은 신경질적으로 짜증을 내면서, 서투른 풍금 소리를 들은 개들처럼 금방 짖을 것 같은 표정들을 하고 있었다. 코르뉘데는 이러한 기미를 알아챘으나 멈추지 않았다. 그는 드문드문 가사를 흥얼거리기까지 했다.

성스러운 조국애여,

복수에 나선 우리의 팔을 이끌고 떠받쳐라.

자유여! 소중한 자유여!

그대를 지키는 자와 더불어 싸우라.

눈이 다져졌기 때문에 마차는 더욱 빨리 달렸다. 디에프에 닿을 때까지 음울한 긴 여행이 계속되는 동안, 밤이 되어 마차 안이 짙은 어둠에 싸였을 때도 그는 악착스럽게 이 복수심에 차 있는 단조로운 휘파람을 내리 불고 있었다. 지치고 짜증이 난 사람들은 억지로라도 이 노래의 첫머리에서 끝까지 좇아갈 수밖에 없었으며 각 소절마다 가사 한 구절 한 구절을 되새기지 않을 수 없었다.

비곗덩어리는 여전히 울고 있었다. 이따금 억누르지 못하고 터져 나오는 흐느낌이 노랫가락과 노랫가락 사이에서 들려오곤 했다.

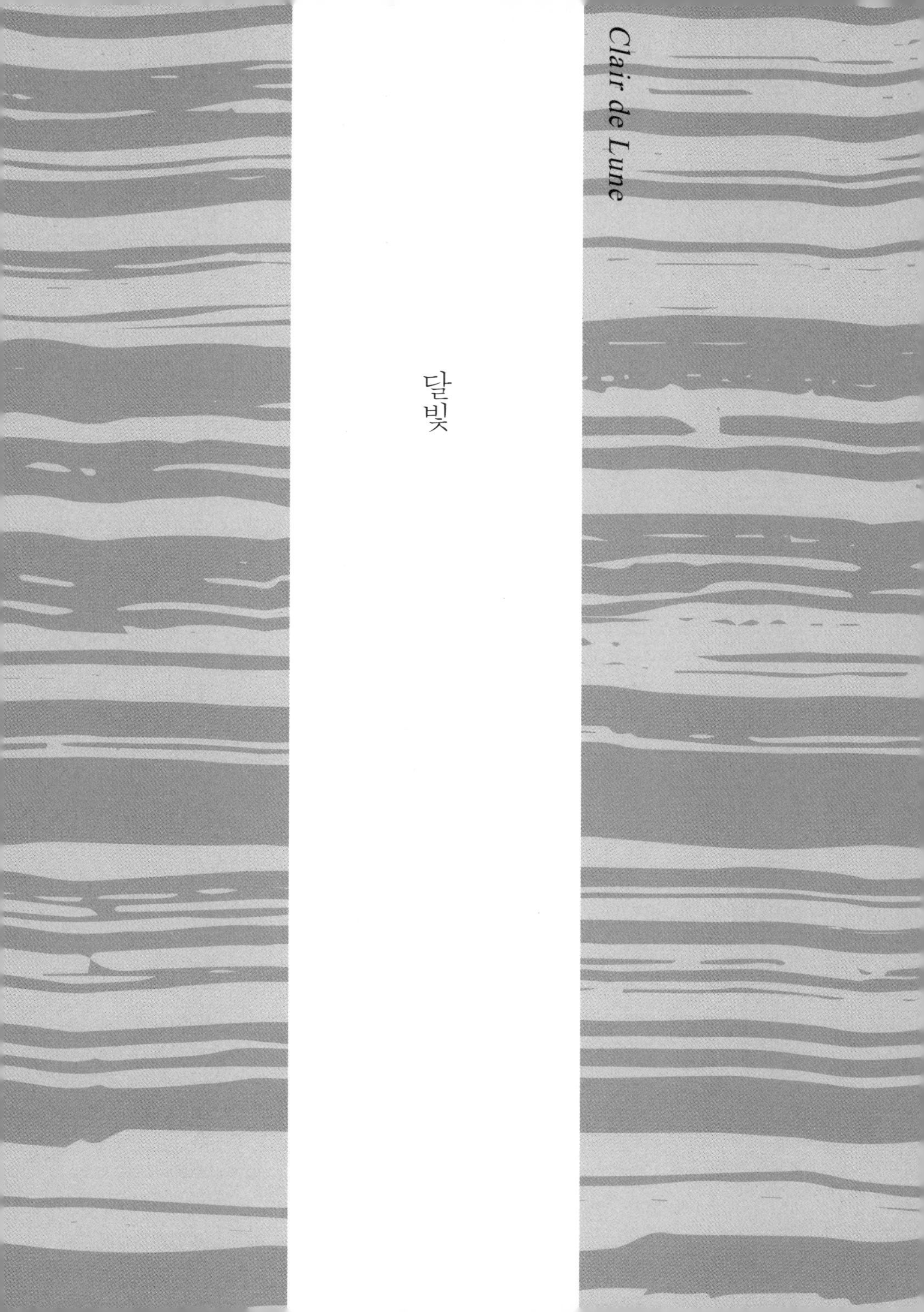
Clair de Lune
달빛

달빛

쥘리 루베르 부인은 방금 스위스 여행에서 돌아온 언니 앙리에트 르토르 부인을 기다리고 있었다.

르토르 가족이 여행을 떠난 지는 5주 가까이 되었다. 앙리에트 부인은 급한 볼 일이 생겨 칼바도스의 소유지로 돌아가게 된 남편을 혼자 떠나보내고 며칠간 파리의 동생 집에서 지내기로 한 것이다.

해가 지고 있었다. 루베르 부인은 거실에 앉아 침침한 황혼빛에 책을 읽고 있었다. 하지만 마음이 딴 데 가 있었기에 무슨 소리가 들릴 때마다 눈길을 들어 올리곤 했다.

이윽고 초인종 소리가 나더니 여행용 외투를 감싼 언니의 모습이 나타났다. 자매는 이렇다 저렇다 인사말을 나눌 겨를도 없이 다정하게 껴안았다. 그러고는 포옹을 풀었다가 이내 다시 껴안기를 몇 번이고 반복했다. 그런 후에야 둘은 서로의 건강과 가족들의 안부, 그 외 수많은 일들에 대해 물었으며 앙리에트 부인이 모자와 베일을 벗는 중에도 쉬지 않고 잡담을 늘어놓았다.

날이 어두워졌다. 루베르 부인은 벨을 눌러 램프를 가져오게 했다. 램프를 가져오자마자 그녀는 언니의 얼굴을 찬찬히 살펴보며 다시 한 번 포옹할 태세를 갖췄다. 그런데 그녀는 갑자기 놀란 듯 엉거주춤한 자세를 취했다. 언니에게서 전에 보지 못하던 것을 발견한 것이다.

르토르 부인의 관자놀이에 흰 머리카락 두 타래가 늘어져 있었다. 그 외의 다른 부분은 짙은 검은색에 윤기가 흐르고 있었다. 오직 양쪽 관자놀이에만 마치 두 줄기 은빛 개울 같은 것이 흘러내려 그것들을 둘러싸고 있는 검은 머리 숲으로 사라지고 있었던 것이다. 하지만 그녀의 나이는 겨우 스물넷이었으며, 스위스로 떠난 이후로 갑자기 생긴 변화였다.

놀란 루베르 부인은 꼼짝 않고 언니를 바라보았다. 이어서 눈물이 솟았다. 뭔가 야릇하고 무시무시한 불행이 언니에게 닥친 것 같았던 것이다. 그녀가 물었다.

"언니, 무슨 일이 있었어?"

슬픈 얼굴에 상심한 듯한 미소를 지으며 앙리에트가 대답했다.

"아냐, 아무 일도 아니야. 걱정하지 마. 내 흰 머리카락 때문에 그러는 거지?"

하지만 루베르 부인은 언니의 어깨를 세차게 부여잡고 뚫어져라 두 눈을 바라보면서 되물었다.

"언니, 대체 무슨 일이야? 무슨 일인지 말해봐. 언니가 거짓말을 해도 난 금세 알아낼 수 있어."

둘은 잠시 얼굴을 마주보고 서 있었다. 마치 금세라도 쓰러질 것 같던 앙리에트 부인의 눈가에 눈물이 맺혔다.

"언니, 무슨 일이 있는 거지? 대체 무슨 일이야? 대답해봐!"

그러자 체념한 목소리로 언니가 속삭이듯 말했다.

"나, 나, 애인이 생겼어."

그녀는 동생의 어깨에 이마를 묻고 흐느꼈다.

얼마 후 그녀가 어느 정도 진정이 되고 출렁이던 가슴이 다시 잔잔해지자 그녀는 이야기를 시작했다. 마치 스스로 비밀을 밖으로 몰아내고 자신의 슬픔을 마음이 통하는 사람의 가슴속에 털어내려는 것 같았다.

두 여인은 서로 손을 꼭 잡은 채 방 한구석 어두운 곳에 놓여 있는 소파로 가서 앉았다. 동생은 언니의 목을 팔로 두른 채 언니를 가슴에 꼭 껴안고 언니의 이야기에 귀를 기울였다.

*

아, 내게 변명의 여지가 없다는 걸 나는 잘 알아. 나도 나 자신을 이해할 수 없어. 그날 이래로 마치 미쳐버린 것 같아. 얘야, 조심해. 너도 조심해야 해. 아아, 우리 여자는 얼마나 약하고, 쉽게 꺾이며, 얼마나 쉽게 무너지는 존재인지! 정말, 정말 아무것도 아닌 일로 갑자기 우수(憂愁)가 밀려와 그에 사로잡히는 그런 순간, 두 팔을 벌려 우리 곁의 모든 것을 사랑하고 보듬고 싶어지는 순간이 찾아오는 거야.

너는 내 남편이 어떤 사람인지, 또 내가 그 사람을 얼마나 좋아하는지 알고 있지? 하지만 그이는 너무 점잖고 이성적인 사람이어서 여자의 마음속에서 일어나는 섬세한 떨림 같은 것은 이해하지 못해. 그 사람은 언제나 똑같아. 늘 선량하고, 늘 미소 짓고, 늘 친절하고 언제나 완벽해. 아, 나는 그가 나를 거세게 두 팔로 안아주기를, 내게 부드럽고 달콤한 키스를 해주기를, 그리하여 말없는 신뢰 속에서 두 사람이 하나가 되기를 얼마나 원했는지 몰라. 그가 어리석은 사람, 심지어 약한 사람이 되어 나를, 내 애무를, 내 눈물을 필요로 하기를 그 얼마나 간절히 바랐는지 몰라.

정말 바보 같은 소리지? 하지만 우리 여자들은 그렇게 생겨먹었어. 그러니 어떻게 하겠니?

하지만 그이를 배신하겠다는 생각은 단 한순간도 해본 적이 없었어. 그런데 그런 일이 벌어진 거야. 사랑도, 그 어떤 이유도 없이 말이야. 단지 뤼세른(스위스 중부 휴양 도시 – 옮긴이) 호수를 비추고 있는 달빛 때문에…….

한 달 동안 함께 여행하면서 남편은 늘 그렇듯 그 덤덤한 무관심으로 나의 열광을 마비시켜버리고 나의 시적인 열정의 불꽃을 꺼버리곤 했어. 어느 날 아침 동틀 무렵 우리들은 사두마차를 타고 산비탈을 내려오고 있었어. 투명한 새벽안개 사이로 계곡, 숲, 냇물 들과 마을들이 보였지. 나는 너무 가슴이 벅차서 그이의 손을 잡고 말했어.

"여보, 정말, 너무 아름다워요! 여보, 안아주세요! 어서 안아주세요!"

하지만 그이는 친절해 보이면서도 냉정하기 그지없는 미소를 띠며 말했어.

"경치가 당신 마음에 든다고 해서 우리가 포옹해야 할 이유는 못 되는 것 같은데……."

그이의 말에 심장까지 얼어붙는 것 같았어. 사람들이 진정으로 서로 사랑하고 있다면 아름다운 광경 앞에서는 더욱더 사랑하게 되어야 하는 것만 같았거든.

실제로 나는 시적인 감정으로 넘쳐흐르기 일보직전이었는데, 그이가 그걸 막아버린 거야. 마치 증기가 가득 찬 채 완전히 밀폐된 냄비 같았어.

어느 날 저녁(우리는 플뤼랑 호텔에 나흘째 묵고 있었어), 로베르가 머리가 아프다며 식사를 마치자마자 잠자리에 들었고 나는 혼자 호숫가를 산책했어.

마치 동화 속에 나오는 것 같은 밤이었어. 둥근 달이 하늘 한가운데 떠 있었어. 머리에 눈을 덮어쓰고 있는 높은 산들은 마치 은으로 만든 관을 쓰고 있는 것 같았어. 호수는 잔물결을 일으키며 달빛에 반짝이고 있었어. 대기는 정말 부드러웠어. 온몸이 나른해져서 기절 상태에 빠뜨릴 것 같은, 아무런 이유도 없이 우리를 깊이 감동시키는 그런 부드러움이었어. 아, 그 순간 우리의 영혼은 그 얼마나 예민해지고 얼마나 가냘프게 떨리는 것인지! 얼마나 빠르게 설레며 깊은 감동에 젖게 되는 것인지!

나는 풀밭에 앉아 그 광활하고 우수에 찬, 그토록 환상적인 호수를 바라보고 있었어. 그때 내게 야릇한 감정이 출렁거렸어. 사랑에 대한 열렬한 갈망, 서글플 정도로 따분하기만 한 내 삶에 대한 반감에 사로잡힌 거야. 그래, 사랑하는 남자와 팔짱을 끼고 이렇게 달빛이 비치는 호숫가를 영영 걸을 수 없는 운명이란 말인가? 하느님께서 연인들을 위하여 마련해주신 것과 같은 그런 밤에 그들이 나누는 깊고 감미로운 입맞춤, 넋을 잃게 만드는 그 입맞춤을 내 입술이 이제 영영 맛볼 수 없단 말인가? 한여름 밤 달빛 그늘 아래서 불타오르듯 뜨거운 사랑을 영영 느낄 수 없단 말인가?

나는 마치 미친 여자처럼 울음을 터뜨렸어. 순간 뒤에서 인기척이 났어. 어떤 남자가 나를 바라보며 서 있었어. 내가 고개를 돌리자 그가 나를 알아보고 다가오며 말했어.

"부인, 울고 계십니까?"

그는 어머니와 함께 여행 중인 변호사였고 우리와 몇 번 마주친 적이 있었어. 이따금 나를 뒤따르는 눈길을 느끼곤 하던 사람이었거든.

나는 너무 당황해서 뭐라고 대답해야 할지 알 수 없었고, 아무 생각도 떠오르지 않았어. 나는 벌떡 일어나서 몸이 좀 불편

할 뿐이라고 대답했어.

그가 아주 자연스럽게 공손한 태도로 나와 나란히 걷기 시작했어. 그는 여행에 대해 이야기하기 시작했지. 마치 내가 여행하는 동안 본 것들에 대해 그대로 이야기하는 것 같았어. 내가 느낀 모든 것들을 말로 옮긴 것 같았어. 내게 전율을 느끼게 해주었던 것을 그는 완벽하게, 나보다도 더 깊이 이해하고 있었어. 그가 갑자기 알프레드 드 뮈세(프랑스 19세기 낭만주의 시인 – 옮긴이)의 시를 읊는 거야. 나는 형언할 수 없는 감동에 사로잡혀 숨조차 쉴 수 없었어. 산들이, 호수가, 달빛이 이루 말할 수 없이 달콤한 것들을 내게 노래해주고 있는 것 같았거든.

그리고 그 일이 벌어진 거야. 어떻게, 무슨 연유로 그렇게 된 건지 나도 모르겠어. 마치 그 무엇엔가 홀렸던 것 같아.

이후 나는 그가 그곳을 떠나는 날 아침에야 그를 볼 수 있었어.

그가 내게 명함을 줬어!

*

말을 마친 르토르 부인은 동생의 품에 쓰러지면서 마치 비명에 가까운 신음 소리를 냈다.

그러자 루베르 부인이 아주 침착하고 조용한 표정으로 다정하게 말했다.

“있잖아, 언니, 우리 여자들이 사랑하는 건 대개의 경우 남자가 아니라 사랑 그 자체야. 그리고 그날 언니가 사랑한 건, 달빛이었어.”

의자 고치는 여자

La Rempailleuse

의자 고치는 여자

사냥철이 시작되었음을 축하하는 만찬이 끝나갈 무렵이었다. 집주인인 베르트랑 후작이 사냥꾼 열한 명과 젊은 여인 여덟 명, 그리고 그 고장의 의사 한 명 등, 많은 손님들과 함께 과일과 꽃이 풍성하게 놓이고 불이 환하게 밝혀진 식탁에 둘러앉아 한담을 나누고 있었다. 화제가 사랑 이야기로 옮아가자 토론이 아연 활기를 띠기 시작했다. 진실한 사랑은 단 한 번밖에 할 수 없는 것인지, 아니면 여러 번 할 수 있는 것인지, 영원히 정답이 없는 주제에 대해 열띤 토론이 벌어진 것이다.

한쪽에서 오직 한 번 진지한 사랑을 한 예를 제시하면 다른 쪽에서는 열렬한 사랑을 수차례 한 사람들의 이야기를 들어 반박했다. 남자들은 사랑은 마치 질병과도 같아서 죽음에 이르도록 지독한 사랑만 아니라면 같은 사람을 여러 번 덮칠 수도 있다고 말했다. 이론의 여지가 없는 결론 같았다. 하지만 구체적인 관찰보다는 시인들의 영감에 더 의존하기 마련인 여인들은 사랑이란, 위대한 정염이란 인간에게 단 한 번밖에 오지 않는다고 주장했다. 그러한 사랑에 한 번 사로잡혔던 영혼은 영원히 소모되고 불타버린 폐허가 되어 꿈에서조차 또 다른 강렬한 감정이 뿌리내릴 수 없다는 것이었다. 수없이 여러 번 사랑에 탐닉했던 후작은 그 믿음에 반론을 제기했다.

"저는 온 마음과 영혼을 바쳐 여러 번 사랑할 수 있다는 것을 분명히 말씀드립니다. 아마 사랑으로 목숨을 끊은 사람의 예를 들며 두 번째 사랑은 불가능하다고 말씀하실 분이 계실지 모르겠습니다. 하지만 만일 그 사람이 자살이라는 어리석은 짓을 저질러 두 번째 사랑할 수 있는 가능성을 스스로 말살하지 않았다면 분명히 다른 사랑을 발견했을 것이며 죽을 때까지 끊임없이 계속 사랑했으리라고 자신 있게 말씀드립니다. 사랑은 술과도 같습니다. 마셔본 사람만이 그 맛을 알 수 있으며 한 번 거기 빠져들면 영원히 그 노예가 되는 것이지요. 사랑은 기질의 문제입니다."

그들은 그 지방의 노의사를 심판관으로 선정했다. 전에 파리에서 활동하던 사람으로서 지금은 시골로 물러나 살고 있는 사람이었다. 그는 사랑이 기질의 문제라는 후작의 견해에 동의한다고 말머리를 꺼낸 후 말을 이어나갔다.

"하지만 저는 단 하루도 멈추지 않고 55년간 지속되어온 사랑에 대해 알고 있습니다. 죽음을 맞이해서야 끝을 보게 된 사랑입니다."

후작 부인이 손뼉을 치며 반가워했다.

"정말 아름다운 이야기예요! 그렇게 사랑을 받을 수 있다니 얼마나 꿈같은 이야기예요! 55년간이나 한결같은, 강렬한 사랑을 받다니! 그런 헌신적인 사랑의 축복을 받다니, 그 남자는 얼마나 행복했을까!"

그러자 의사가 미소를 지었다.

"부인, 사랑받은 사람이 남자라는 말씀은 틀리지 않으셨습니다. 게다가 부인께서 아시는 남자입니다. 읍내에서 약국을 경영하고 있는 슈케 씨입니다. 여자 역시 부인께서 알고 계십니다. 매년 이 저택에 들러 의자를 수리하던 노파입니다."

여자들의 열기가 식었다. 심지어 "칫!" 하며 경멸의 표정을 짓는 여자들도 있었다. 사랑이란 점잖은 사람들의 전유물인 듯, 평범한 사람들의 사랑에는 관심이 없었던 것이다.

의사가 이야기를 계속했다.

*

3개월 전에 저는 그 노파의 임종 자리에 불려갔습니다. 그녀는 세상을 떠나기 전날 마차에 실려 이곳에 도착했습니다. 그녀의 친구이며 보호자였던 커다란 검은 개 두 마리도 그녀를 따라왔습니다. 제가 도착해보니 사제는 이미 와 있었습니다. 그녀는 사제와 저를 유언 집행자로 지목했습니다. 그리고 자신의 행동을 납득시키기 위해 자신의 일생을 우리에게 모두 털어놓았습니다. 정말 기이하고 감동적인 이야기였습니다.

그녀의 부모는 모두 의자 수리공이었습니다. 그녀는 단 하루도 제대로 된 집에서 살아보지 못했습니다. 어릴 적부터 더러운 넝마조각을 걸치고 배고픔에 떨며 부모와 이리저리 떠돌아다녔습니다. 그들은 어느 마을에 도착하건 마을 입구에 마차를 세웠습니다. 그곳에서 말은 한가롭게 풀을 뜯었으며 개들은 앞발 위에 주둥이를 얹은 채 잠을 잤고 소녀는 부모들이 마을의 낡은 의자들을 수리하는 동안 풀밭에서 뒹굴며 놀았습니다. 가족들은 부모님이 가끔 "의자요! 의자 고칩니다. 짚을 갈아 드립니다!"라고 외치는 것 외에는 오가는 말이 없었습니다.

소녀는 이따금 멀리까지 갔다가 마을의 아이들과 어울리면 아버지가 노한 음성으로 그 애를 불렀습니다. 사랑스런 말은 단 한 마디도 들어본 적이 없었지요.

소녀는 조금 더 자라자 부러진 의자들을 모아서 가져왔습니다. 그때 소녀는 거리에서 친구들을 몇 명 사귈 수 있게 되었습니다. 하지만 이번에는 아이들의 부모들이 맨발의 거지 같은 애와 어울리면 안 된다며 아이들을 불러들이곤 했습니다. 소년들은 가끔 소녀에게 돌팔매질을 하기도 했지요. 가끔씩 친절한 부인들이 소녀에게 몇 수의 돈을 주기도 했습니다. 소녀는 그 돈을 소중히 간직했습니다.

어느 날, 소녀가 열한 살이 되었을 때였습니다. 소녀가 우리 고장에 들러 길을 걷고 있을 때, 공동묘지 뒤에서 서럽게 울고 있는 어린 소년 슈케를 발견했습니다. 친구가 2리야르(반수에 해당됨 – 옮긴이)의 돈을 훔쳐갔다는 것이었습니다. 소녀의 눈에 늘 아무런 어려움도 없는 것처럼 여겨졌던, 소녀가 너무 부러워했던 프티 부르주아 소년의 눈물을 보자 소녀의 마음이 온통 흔들렸습니다. 소녀는 소년에게 다가갔습니다. 그리고 소년이 울고 있는 사연을 알게 되자 정성껏 모아두었던 돈을 몽땅 소년의 손에 쥐어주었습니다. 7수나 되는 돈이었습니다. 소년은 냉큼 돈을 받아 쥐고는 눈물을 닦았습니다. 자기가 주는 돈을 소년이 받자 소녀는 너무 기뻐서 소년의 뺨에 살짝 입을 맞추었습니다. 소년은 돈을 세는 데 정신이 팔려 그냥 내버려두었습니다. 소년이 자기를 떠다밀지 않자 소녀는 소년에게 팔을 두르고 포옹을 했습니다. 그러고는 냅다 도망쳐버렸습니다.

그 가엾은 어린 소녀의 머릿속에 무슨 일이 일어난 걸까요? 소녀가 그 소년을 미친 듯 좋아하게 된 것은 자신이 지니고 있는 전 재산을 소년에게 주었기 때문일까요, 아니면 처음으로 소년에게 입맞춤을 하고 포옹을 했기 때문일까요? 아이들에게나 어른에게나 그런 신비로운 일은 일어나기 마련이지요.

이후 몇 달 동안 소녀는 묘지 근처의 그 구석을 꿈꾸었고 오로지 그 소년 생각에 사로잡혀 있었습니다. 소녀는 아버지가 받은 의자 수선비에서, 혹은 식료품 사오라는 심부름을 할 때 마치 이삭 줍듯 조금씩 돈을 훔쳤습니다.

소녀가 다시 그 묘지 근처에 오게 되었을 때 소녀의 수중에는 2프랑(40수)이 있었지만 소년은 그곳에 없었습니다. 소년의 아버지의 약국 앞을 지나면서 소녀는 계산대 뒤에 서 있는 소년의 모습을 유리창을 통해 볼 수 있었습니다. 소년은 푸르고 붉은 커다란 유리병 사이에 앉아 있었습니다. 화려하게 빛나는 유리병들을 보자 그에 매혹된 소녀는 오로지 그 소년만을 더욱 사랑하게 되었습니다. 소녀는 그 추억들을 영원히 소중하게 마음에 간직하게 된 것입니다.

이듬해 소녀는 학교 근처에서 친구들과 구슬치기를 하고 있는 소년을 만났습니다. 소녀는 소년에게 달려들어 그를 거세게 껴안으며 열정적으로 입을 맞추었습니다. 소년이 겁에 질려 소리를 질렀습니다. 소녀는 소년을 진정시키기 위해 자신이 지닌 모든 돈을 다 주었습니다. 3프랑 20상팀이었습니다. 정말 엄청난 금액이었고, 소년은 놀란 눈으로 돈을 바라보았습니다.

소년은 돈을 받고 소녀가 마음대로 입을 맞추게 내버려두었습니다. 이후 4년 동안 그녀는 모아두었던 돈을 모두 그에게 주었고 그는 입맞춤을 허락한 대가로 그 돈을 챙겼습니다. 어떤 때는 30수를 주었고, 어떤 때는 2프랑을 주기도 했습니다. 어느 해엔가는 12수를 주면서 그녀는 슬프고 창피해서 눈물을 흘렸습니다. 그리고 그 해에는 돈을 별로 모을 수 없었다고 떠듬떠듬 말했습니다. 다음 해에는 5프랑짜리 은화를 갖다줄 수 있었습니다. 그 돈을 주면서 그녀는 기뻐서 활짝 웃었습니다.

그녀는 오로지 소년 생각뿐이었습니다. 그리고 소년도 초조하게 그녀를 기다렸습니다. 어떤 때는 그녀를 만나기 위해 달려 나가기도 했습니다. 그러면 그녀의 가슴은 기쁨으로 쿵쾅거렸습니다.

갑자기 소년이 나타나지 않았습니다. 기숙학교에 들어간 것입니다. 그녀는 수소문해서 그 사실을 알아냈습니다. 그녀는 온갖 꾀를 다 동원해서 그녀의 부모들이 여정을 바꾸어 그가 방학했을 때 이 마을을 지날 수 있도록 할 수 있었습니다. 그 계략을 성공시키는 데 꼬박 1년이 걸렸습니다.

그녀는 2년 만에 그를 다시 만날 수 있었습니다. 하지만 처음에는 거의 알아볼 수 없었습니다. 그가 너무나 변한 것입니다. 키도 훌쩍 자랐고 생김새도 훤칠해졌으며 금단추를 단 외투 차림이 정말 의젓했습니다. 그는 그녀를 보고도 모른 체하며 눈길 한 번 주지 않고 지나쳐버렸습니다. 그녀는 꼬박 이틀간 울었고 이후 끊임없이 그를 사랑하며 괴로워했습니다.

매년 그는 방학 때마다 집으로 돌아왔고 그녀는 감히 시선을 들지 못한 채 그의 곁을 지나쳤습니다. 그는 그녀에게 눈길 한 번 주지 않았습니다. 그녀는 미친 듯, 절망적으로 그를 사랑했습니다. 그녀가 제게 고백했습니다.

"그는 이 세상에서 제가 본 유일한 남자랍니다. 다른 남자들이 존재하는지조차 모릅니다."

그녀의 부모가 세상을 떠났습니다. 그녀는 부모의 일을 그대로 이어갔습니다.

어느 날 마을로 들어서면서 그녀는 슈케가 약국에서 나오는 모습을 볼 수 있었습니다. 젊은 여인이 그의 팔짱을 끼고 있었습니다. 그의 아내였습니다. 그가 결혼을 한 것입니다.

그날 밤 의자 수리하는 여자는 강에 몸을 던졌습니다. 한 취객이 지나가다가 그녀를 건져내어 약국으로 업고 갔습니다. 젊은 슈케가 실내용 가운 차림으로 그녀를 진찰하기 위해 2층에서 내려왔습니다. 그는 그녀를 알아보지 못하는 척하며 젖은 옷을 벗기고 그녀의 몸을 문질러 주었습니다. 그리고 그녀에게 딱딱한 어조로 말했습니다.

"미쳤군! 그런 바보 같은 짓을 하면 못 써요!"

그의 목소리만으로도 그녀는 치유가 되었습니다. 그가 그녀에게 말을 건 것이었습니다! 그녀는 오랫동안 행복했습니다. 그녀가 아무리 치료비를 주겠다고 해도 그는 한사코 거절했습니다.

그녀의 삶은 그런 식으로 흘러갔습니다. 그녀는 언제나 슈케 생각을 하며 일을 했습니다. 그녀는 그의 약국에서 약을 사기 시작했습니다. 그에게 말을 걸고 그를 가까이에서 볼 수 있는 유일한 기회였습니다. 그런 방법으로 그녀는 그에게 여전히 돈을 줄 수 있었습니다.

아까 말했듯 그녀는 올해 봄에 세상을 떠났습니다. 이 애절한 이야기를 끝내면서 그녀는 내게 평생 벌어 모은 돈을 사랑하는 그 사람에게 전해달라고 신신당부했습니다. 자기가 죽은 이후에 자기 생각을 할 수 있도록 오로지 그에게 무언가 남겨주기 위해 열심히 일을 한 것입니다. 심지어 돈을 아끼기 위해 끼니를 거르기도 했습니다.

그녀가 제게 맡긴 돈에서 27프랑을 장례 비용으로 신부님께 드렸습니다. 그리고 장례 다음 날 저는 슈케를 찾아갔습니다. 부부가 막 아침 식사를 마친 참이었습니다. 마주 앉은 부부는 피둥피둥 살이 쪘고 혈색도 좋았으며 자신만만한 모습이었습니다. 그들은 제게 자리를 권한 다음 체리주를 권했고 저는 사양하지 않았습니다. 저는 떨리는 목소리로 사연을 전해주었습니다. 감격해서 눈물을 흘리리라 기대하고 있었지요. 그런데 슈케는 자신이 그 떠돌이 여인, 그 천한 의자 수리하는 여자, 그 방랑자로부터 사랑을 받고 있었다는 사실을 알자 몹시 화를 냈습니다. 마치 그녀가 자기의 명성에 금이라도 가게 만든 듯, 신사로서의 평판을 앗아간 듯, 개인적 명예처럼 목숨보다 소중한 그 무엇을 훔쳐간 듯 펄펄 뛰었습니다. 그의 아내 역시 그 못지않게 분개해서 "아니 그 거지 같은 년이! 그 거지 같은 년이!"라고 되풀이했습니다.

슈케는 무슨 흉악한 범죄에 걸맞은 단어를 찾기가 어려운 듯 식탁 주위를 큰 걸음으로 서성이다 더듬거리며 말했습니다.

"의사 선생님, 이런 끔찍한 일을 이해하실 수 있습니까? 그 여자가 살아 있을 때 그 사실을 알았다면 감방에 처넣었을 겁니다. 절대로 못 나오게 했을 겁니다."

저는 기가 막힐 따름이었습니다. 도대체 무슨 말을 해야 할지 어떻게 행동해야 할지 갈피를 잡을 수 없었습니다. 하지만 어쨌든 임무는 완수해야 했습니다. 제가 다시 입을 열었습니다.

"그녀가 평생 저축한 돈을 모두 당신에게 주라고 부탁했습니다. 2,300프랑에 달합니다. 내가 해준 이야기에 그토록 기분 나빠하는 것을 보니 그 돈을 가난한 사람들에게 나누어주는 편이 낫겠군요."

그 남자와 여자가 저를 빤히 쳐다보더군요. 놀란 입을 다물지 못했지요. 나는 주머니에서 돈을 꺼냈습니다. 금화에서부터 동전에 이르기까지 여러 고장에서 모은 온갖 종류의 초라한 돈들이었습니다. 제가 물었습니다.

"어떻게 하시겠습니까?"

먼저 입을 연 것은 슈케 부인이었습니다.

"그러니까, 죽어가는 여자의 소원이었으니 거절하는 것은 도리가 아니겠네요."

이번에는 남편이 약간은 부끄러운 듯 말했습니다.

"그 돈을 아이들에게 필요한 것을 사는 데 쓸 수도 있을 것 같군요."

저는 냉랭한 어조로 말했습니다.

"좋으실 대로."

그러자 그가 다시 입을 열었습니다.

"어쨌든 그걸 우리에게 주십시오. 그녀가 당신에게 부탁했으니까요. 어디 좋은 데 쓸 방도를 찾아보겠습니다."

저는 돈을 건네주고 인사를 한 다음 밖으로 나왔습니다.

다음 날 슈케가 저를 찾아와서 느닷없이 물었습니다.

"그 여자가 마차를 남겨 놓았겠지요? 그걸 어떻게 하실 생각이십니까?"

"아무 생각 없으니 가져가려면 가져가시오."

"좋습니다. 그걸로 채소밭에 오두막을 만들 참입니다."

그 말과 함께 그는 발걸음을 밖으로 향했습니다. 저는 그들을 불러 세우고 말했습니다.

"늙은 말과 개도 두 마리 남겨 놓았는데, 그건 필요 없습니까?"

그는 놀란 눈으로 저를 쳐다보더군요.

"아니, 필요 없습니다. 그걸 갖다 어디에 쓰라고요? 마음대로 처분하십시오."

그는 웃으며 제게 손을 내밀었습니다. 저는 악수를 했습니다. 달리 어쩌겠습니까? 한 마을의 의사와 약사가 적으로 지낼 수는 없는 노릇 아니겠습니까? 제가 개들을 맡았고 말은 큰 뜰이 있는 신부님이 맡았습니다. 마차는 슈케의 텃밭 오두막으로 쓰였고 그는 돈으로 철도공사 채권을 샀습니다. 이상이 제가 평생 보고 들은 사랑 이야기 중 가장 깊은 사랑 이야기입니다.

*

이야기를 끝낸 의사가 고개를 들고 좌중을 둘러보았다. 후작 부인이 눈물이 글썽한 채 한숨을 내쉬며 말했다.

"정말이지, 여자들만이 사랑할 줄 아는 법이에요."

머리다발

Chevelure

머리다발

석회 칠을 해놓은 환자의 독방 벽에는 아무것도 걸려 있지 않았다. 그 누구도 접근이 불가능할 정도로 높은 곳에 위치한 좁은 쇠창살 창문을 통해 들어오는 빛이 이 음산한 작은 방을 겨우 밝히고 있을 뿐이었다. 정신병 수감자가 짚 의자에 앉아 무엇엔가 홀린 듯한 공허한 표정으로 우리를 뚫어져라 바라보고 있었다. 매우 야윈 체격에 뺨이 홀쭉하게 들어가 있었으며 머리는 백발이었다. 불과 몇 달 사이에 머리가 하얗게 세어버렸음을 능히 짐작할 수 있었다. 야윈 팔다리와 홀쭉한 가슴, 푹 꺼진 복부 때문에 입고 있는 옷이 헐렁해 보였다.

이 사람의 마음이 오로지 그 어떤 한 가지 생각에 의해 마치 벌레 먹은 과일처럼 파괴되어 있음을 직감할 수 있었다. 그의 광기, 그의 관념이 그의 뇌수에 집요하게 자리 잡고 그의 뇌수를 파먹고 있었고 그의 몸뚱이를 조금씩, 조금씩 갉아먹고 있었다. 그것, 보이지도 않고 만질 수도 없는 비물질적인 관념이 그의 건강을 파헤치고, 그의 피를 마셨으며, 그의 생명을 고갈시키고 있었다.

하나의 관념에 의해 살해당하고 있다니, 이 얼마나 불가사의한 존재란 말인가! 이 미친 사내는 슬픔과 공포와 동정심을 동시에 불러 일으켰다. 끊임없이 움찔거리는 저 깊게 주름 잡힌 이마 안에 도대체 무슨 야릇하고 무시무시한 치명적인 생각들이 들어 있단 말인가!

의사가 내게 말했다.

"그는 무시무시한 격정을 드러내고 있습니다. 제가 이제까지 본 중에 가장 기이한 경우입니다. 그는 에로틱하고 음산한 광기에 사로잡혀 있습니다. 일종의 시간(屍姦)증 환자입니다. 그는 일기를 남겼는데, 그가 어떤 질병을 앓고 있는지 분명하게 보여주고 있습니다. 말하자면 그 일기를 통해 그의 질병을 생생하게 느낄 수 있습니다. 혹시 관심이 있으시다면 서류를 한번 훑어보셔도 좋습니다."

나는 의사를 따라 진찰실로 들어갔고 그가 그 비참한 사내의 일기를 내게 건네주며 말했다.

"자, 한번 읽어보시고 의견을 말씀해주십시오."

일기의 내용은 다음과 같았다.

*

내 나이 서른둘이 될 때까지 나는 사랑이란 것은 모른 채 평온하게 살았다. 삶은 매우 단순했고 유쾌했으며 쉽게 보였다. 나는 부자였다. 나는 수없이 많은 것들을 골고루 즐겼을 뿐 어느 특별한 것에 열정적으로 빠져들지 않았다. 산다는 것이 그저 좋을 뿐이었던 것이다! 나는 아침에 행복한 가운데 잠에서 깨어나 하루 종일 즐겁게 지냈고, 밤이 되면 평화로운 내일과 아무 근심 없는 미래를 기대하며 흡족한 기분으로 잠자리에 들었다.

나는 몇몇 여자들과 가벼운 연애를 하긴 했지만 진정한 열정에 들뜬 적도 없었고 진정한 사랑의 감정에 상처를 받은 적도 없었다. 그렇게 사는 것이 좋았다. 사랑하는 것이 더 나을 수도 있겠지만 그것은 끔찍한 일처럼 여겨졌다.

그런데 내게 사랑이 찾아왔다. 그것도 아주 놀라운 방식으로……. 평범한 방법으로 사랑을 한 사람들도 분명 열렬한 행복을 맛볼 수 있을 것이다. 하지만 아마도 그 행복은 내가 겪은 것만 못할 것이다. 그만큼 내게 사랑은 정말 믿을 수 없는 방식으로 찾아왔다.

나는 부자였기에 온갖 종류의 고가구와 골동품들을 사들였고 그것들을 만졌을 미지의 손들, 그것들을 찬미했던 눈들, 그것들을 사랑했던 마음들에 대해 종종 생각하곤 했다. 오, 이 물건들을 사랑하는 그 마음!

나는 종종 지난 세기의 작은 회중시계를 몇 시간이고 들여다보곤 했다. 에나멜과 금세공을 한 그 작은 시계는 무척이나 예뻤다. 그 시계는 어느 날 어느 여인이 그 시계를 갖게 되어 황홀한 기분에 젖었던 바로 그날처럼 여전히 작동하고 있었다. 그것은 작동을 멈춘 적이 없이 그 기계적인 삶을 여전히 누리고 있었으며 지난 세기부터 규칙적으로 똑딱거리고 있었다. 어느 여인이 따뜻한 옷에 감싸인 가슴 위에 그 시계를 걸고, 그 박동 소리를 심장 근처에서 느꼈을까? 그 어떤 따사로운 손이 그 시계를 들고 이리저리 살펴보았으며, 손에서 옮겨 묻은 가벼운 습기를 제거하기 위해 뚜껑에 있는 목동 모습의 에나멜 문양을 닦아주었을까? 그 어떤 눈이 아름답게 장식된 그 문자판 위에서 시곗바늘을 바라보며 고대하던 시간, 소중한 시간, 신성한 시간을 알아보았을까?

나는 그 여인, 이 진귀한 물건을 고른 여인을 그 얼마나 알고 싶었고 보고 싶었는지! 하지만 그녀는 죽었다! 나는 지난날의 여인들을 향한 그리움에 사로잡혔다. 나는 아득히 먼 곳에서 사랑에 빠졌던 모든 사람들을 사랑한다. 이미 죽어버린, 가버린 사랑의 이야기들이 내 마음을 온통 회한으로 채운다. 오, 그 아름다움, 그 미소들, 그 풋풋한 애무들, 그 희망들! 그것들은 영원해야 하지 않는가?

나는 그 얼마나 숱한 밤들을, 그토록 아름다운, 그토록 사랑스러운, 그토록 상냥한 여인들, 연인을 포옹하기 위하여 두 팔을 벌렸던 여인들, 하지만 지금은 죽어버린 그 여인들을 위하여 눈물로 지새웠던가! 입맞춤은 불멸이다! 그것은 입술에서 입술로, 세기에서 세기로, 시대에서 시대로 전해진다. 남자들은 그 입맞춤을 받고 그 입맞춤을 주고, 그러고는 죽는다.

과거는 나를 매료시킨다. 현재는 나를 두렵게 한다. 미래는 죽음이기 때문이다. 나는 지나간 모든 것을 그리워한다. 나는 살았던 모든 것을 애도한다. 시간을 저지하고 시계를 멈추고 싶다. 하지만 시간은 간다. 시간은 지나가면서 내게서 매순간

나 자신을 탈취해가며 내일을 무화(無化)시킨다. 나는 다시 살아갈 수 없을 것이다.

어제의 연인들이여, 영원히 안녕! 나는 당신들을 사랑한다.

하지만 그런 절망에 빠진 나를 동정할 필요는 없다. 나는 내가 간절히 기다리고 원하던 그녀를 찾았고 그녀를 통해 무한한 쾌락을 맛본 때문이다.

어느 화창한 날 아침 나는 행복한 마음으로 느긋하게 파리를 어슬렁거리고 있었다. 나는 게으름뱅이 특유의 막연한 호기심으로 상점 진열창들을 들여다보고 있었다. 순간, 어느 고가구 상점 안에 있는 17세기 이탈리아 가구 하나가 눈에 띄었다. 매우 멋이 있고 귀한 것이었다. 나는 17세기의 유명한 베네치아 예술가 비텔리의 작품이리라 단정했다.

나는 다시 산책을 시작했다.

왜 그 가구가 끊임없이 내 뇌리에서 떠나지 않았던 것일까? 나는 발걸음을 돌릴 수밖에 없었다. 나는 다시 상점 앞에 서서 그 가구를 다시 한번 바라보았다. 마치 그것이 나를 유혹하는 것 같았다.

유혹이란 그 얼마나 기묘한 현상인가! 하나의 대상을 응시한다. 그러면 차츰차츰 그것이 우리를 매료시키고 우리의 마음을 뒤흔들며, 마치 한 여인의 얼굴처럼 우리의 생각을 온통 차지해버린다. 그것의 매력, 그 생명 없는 물체의 형태, 색, 외양이 지닌 매력이 우리의 전 존재 안으로 침투한다. 이윽고 우리는 그것을 사랑하고 갈망하게 되며 소유하고 싶어진다. 그것을 소유하고 싶다는 갈망이 처음에는 마치 수줍기라도 한 듯 서서히 고개를 들고 이어서 점차 걷잡을 수 없이 커지고 격렬해지면서 도저히 저항할 수 없게 되어버린다.

그리고 상인들은 그 불타는 시선에서 점차 은밀하게 커져가는 우리의 욕망을 눈치채는 것 같다.

나는 그 가구를 사서 당장에 집으로 배달시키고 내 방에 놓았다.

오, 고가구 수집가와 그가 막 구입한 고가구 사이의 밀월 관계를 알지 못하는 사람들은 그 얼마나 딱한 사람들인가! 우선 그것을 부드러운 눈길로 바라보고는 마치 살아 있는 인간의 살인 양 그것을 손으로 쓰다듬는다. 언제나 그 곁으로 돌아오며 어디에서 무엇을 하든 오로지 그 생각만 한다. 그것에 대한 기억이 거리를 걷건 사교계에 가건 어디든 따라다닌다. 그리고 밤에 집으로 돌아오면 장갑과 모자를 벗기도 전에 그 곁으로 가서 연인을 향한 사랑의 눈길로 그것을 바라본다.

정말 나는 여드레 동안 그 가구를 숭배했다. 나는 틈만 나면 그 가구의 문을 열었고 서랍을 여닫았다.

그러던 어느 날 저녁이었다. 가구 널빤지 한 군데가 유난히 두툼하게 불거져 있는 것을 발견하고 그 안에 비밀 서랍이 있음을 간파했다. 내 가슴은 뛰었고 그 비밀스런 공간을 찾아내려 밤을 지새웠지만 뜻을 이루지 못했다.

다음 날 나는 가구의 나무 틈새에 칼날을 집어넣는 데 성공했다. 얇은 널빤지 하나가 뒤로 미끄러지자 검은색 벨벳이 깔린 바닥에 아주 풍성한 머리다발이 놓여 있는 것이 보였다.

그렇다. 여인의 엄청난 머리다발이었다. 머리 피부 가까이까지 바싹 자른 것에 틀림없는 금발로서 거의 적색을 띠고 있었고 황금빛 끈으로 묶어놓은 것이었다.

나는 놀라서 몸을 떨며 잠시 넋을 잃고 서 있었다. 거의 감지하기 어려운 향기가, 너무 오래되어서 흡사 향기의 정령(精靈)이라고 할 만한 향기가 그 신비스러운 서랍과 이 놀라운 유물로부터 풍겨 나왔다.

나는 천천히, 거의 경건하게 그것을 들어 올려 그 은닉처로부터 꺼냈다. 단번에 묶은 것이 풀려 그 황금빛 물결이 바닥에 닿았다. 머리숱이 짙었지만 가벼웠고 혜성의 꼬리처럼 부드럽게 빛나고 있었다.

나는 기이한 감동에 사로잡혔다. 이게 무엇일까? 언제, 어떻게, 왜 이 머리다발이 이 서랍에 감춰져 있던 것일까? 그 속에 그 어떤 모험이, 그 어떤 비극이 숨어 있단 말인가? 누가 이 머리를 잘랐을까? 이별의 날 연인이 자른 것일까? 남편이 복수를 위해 자른 것일까? 혹은 이 머리칼이 머리를 아름답게 장식하고 있던 여인이 절망에 빠져서?

수녀원으로 들어가는 날 그 사랑의 징표를 살아 있는 세계를 향한 서약으로서 저 세계에 던져 놓은 것일까? 혹은 젊고 아름다운 여인의 육신이 담긴 관에 못을 박는 날, 그녀를 사모했던 어떤 이가 그녀의 머리칼을, 그가 그녀로부터 간직할 수 있는 유일한 부분, 결코 썩지 않고 살아남아 있을 유일한 부분, 그가 격렬한 슬픔에 잠겨 여전히 사랑하고 애무하고 입 맞출 수 있는 그 유일한 부분을 잘라낸 것일까?

그 머리다발이 뿌리내리고 있던 육체는 티끌조차 남기지 않았건만 그것만이 살아 있을 때처럼 고스란히 남아 있을 수 있다는 것은 기이하지 않은가?

머리다발이 내 손가락 위로 흘러내렸고 야릇하게 내 피부를 애무했다. 죽은 여인의 애무! 나는 너무 감동을 받아 울음이 터질 것 같았다.

나는 그 머리다발을 오랫동안 손에 들고 있었다. 그러자 마치 그 안에 영혼 같은 것이 남아 있던 것처럼 나를 뒤흔들어 놓았다. 이윽고 나는 그 머리다발을 세월의 탓에 색이 바랜 벨벳 위에 다시 올려놓고 서랍을 닫았다. 그리고 밖으로 나가 명상에 잠겼다.

나는 슬픔에 잠겨, 아니 슬픔만이 아니라 일종의 불안, 사랑에 빠졌을 때 느끼는 그런 불안에 젖어 길을 걸었다. 나는 마치 내가 옛날에 이미 살았던 적이 있는 것처럼, 마치 내가 이 여인을 알고 있는 것처럼 느껴졌다.

그리고 마치 한 가닥 흐느낌처럼 프랑수아 비용(15세기 프랑스의 방랑 시인 – 옮긴이)의 시 구절이 떠올랐다.

> 말해주오, 어디에, 그 어느 곳에
> 아름다운 로마 여인 플로라가 있는지,
> 이파르시아와 그의 사촌인
> 타이스가 있는지

에코가 강과 호수 위를 불어오는
미풍 속에서 대답한다.
그들의 아름다움은 그 어떤 찬사도 뛰어넘도다.
하지만 지난날의 눈들은 어디에 있는가?

새가 노래하듯 노래하던,
백합처럼 하얀 여왕,
발 큰 베르타, 베아트리제, 알리스,
멘느의 여왕 아랑부르,

그리고 루앙에서 영국인이 불태워 죽인
착한 로렌의 아가씨 잔느,
그들은 모두 어디에 있는가, 성처녀여?
그리고 지난날의 눈들은 어디에 있는가?

집으로 돌아오자 나는 나의 진귀한 보물을 보고 싶다는 견디기 어려운 욕망을 느꼈고 그것을 꺼냈다. 그리고 그것을 만지는 순간 전율이 온몸을 휩쓸고 지나갔다. 하지만 그 머리다발 생각이 언제나 내 마음을 떠나지 않았음에도 불구하고 나는 당

분간은 일상생활을 할 수 있었다. 집으로 돌아오면 나는 우선 그것을 보아야 했고 그것을 내 손에 쥐어야만 했다. 나는 마치 사랑하는 사람에게 인도해주는 문을 열 듯 망설이며 열쇠를 돌린다. 나의 손가락들을 그 죽은 사람의 황금빛 머리다발 속에 담그고 싶은, 혼란스럽고 기이하면서도 끊임없는 관능적인 욕구를 내 손과 가슴에서 느낀다.

그것을 애무한 뒤에 그것을 다시 서랍에 넣고 잠그면서 나는 그것이 살아 있는 듯, 거기 감추어져 있는 듯, 거기 갇혀 있는 듯 느낀다. 그리고 다시 그것이 보고 싶어진다. 다시 그것을 손에 쥐고 만지고 싶은 욕구, 그 차갑고, 매끄럽고 자극적인, 그리고 당혹스러운 접촉을 통해, 그 불편함을 느끼고 싶은 거역할 수 없는 욕구에 사로잡힌다.

나는 그런 식으로 한두 달을, 아니 얼마인지 정확히 모르는 기간을 살았다. 머리다발이 나를 사로잡았으며 나를 떠나지 않았다. 나는 마치 사랑에 빠진 연인들이 서로 사랑을 고백한 그 순간처럼 행복하면서 동시에 고통스러웠다.

나는 홀로 방에 처박혀 그것을 내 피부로 느꼈으며 입술을 그것에 묻고 키스를 했다. 나는 그것을 내 얼굴에 감았고 입으로 흡입하기도 했으며 내 눈을 그것으로 가리고 그것 사이로

희미한 빛을 보기도 했다.

나는 그것을 사랑했다! 그렇다, 나는 그것을 사랑했다! 그것 없이는 존재할 수 없었으며 단 한순간도 그것에서 눈을 뗄 수가 없었다.

그리고 나는 기다리고 기다렸다……. 무엇을? 모르겠다……. 아니다, 나는 바로 그녀를 기다렸다!

어느 날 밤, 나는 방에 나 홀로 있지 않다고 느끼고 갑자기 잠에서 깨어났다. 하지만 분명 나 혼자였다. 그렇지만 나는 다시 잠들지 못했고 열에 들뜬 듯 몸을 뒤척이다가 금발 머리다발을 보기 위해 자리에서 일어났다. 머리다발은 평소보다 더 부드러웠고 생기가 넘치는 것 같았다. 죽은 사람이 돌아온 것일까? 머리다발에 입을 맞출 때 나는 거의 정신이 없었다. 나는 그것을 침대로 가져와 그것을 내 연인인 양 깊숙이 입을 맞추었다.

죽은 이가 돌아온 것일까? 그렇다, 그녀가 왔다! 나는 그녀를 보았다. 나는 살아 있는 모습 그대로의 그녀를 품에 안았다. 그녀는 키가 컸으며 금발이었고 통통했으며 젖가슴은 차가웠고 엉덩이는 곡선을 이루고 있었다. 나는 그녀의 온몸을 감상하며 애무했다. 그녀는 매일 밤 내게 왔다. 그 죽은 여인, 아름답고 경탄스러운, 신비한 미지의 여인이!

나는 그녀의 곁에서 인간 세계 밖의 환희를, 손에 잡히지 않는 여인, 보이지도 않는 여인, 죽은 여인과 관계를 맺으며 더없이 그윽하고 불가사의한 환희를 맛보았다. 이 세상의 그 어떤 연인도 그보다 더 뜨겁고 무서운 환희를 맛보지는 못했을 것이다. 나는 그녀를 너무 사랑했기에 그녀로부터 떨어질 수 없었다. 나는 너무 행복에 겨워 그것을 감출 수 없었다. 나는 그녀를 언제 어디나 데리고 다녔다. 그녀가 마치 나의 아내인 양 시내거리를 함께 거닐었으며 나의 정부인 양 극장으로 데리고 가서 항상 개인 특실에 앉곤 했다. 그런데 사람들이 그녀를 보았다……. 그들은 나름 추측하고…… 나를 체포했다. 그들은 나를 범죄자인 양 감옥에 가두었다. 그들은 그녀를 데려갔다. 오, 이 무슨 비참한 일이란 말인가!

*

일기는 거기서 그쳐 있었다. 그리고 내가 갑자기 놀란 눈을 들어 의사를 바라보는 순간, 무시무시한 고함 소리가, 무기력한 분노와 간절한 욕망이 뒤섞인 울부짖음이 정신 병원 안에 울려

펴졌다.

"들어보세요." 의사가 말했다. "저 외설스런 광인에게 하루에 다섯 번씩 물을 끼얹어주어야 합니다. 죽은 여인을 사랑한 사람이 베르트랑 상사(시간[屍姦] 행위로 화제가 되었던 당대 인물 – 옮긴이)만은 아닌 것 같습니다."

내가 놀라움과 공포와 연민에 휩싸여 더듬더듬 물었다.

"그런데…… 그 머리다발이…… 실제로 있긴 있습니까?"

그러자 의사가 자리에서 일어나더니 작은 약병들과 의료 기구들이 가득 차 있는 장을 열었다. 그는 그 안에서 금발 한 묶음을 꺼내어 내게 던졌고 머리다발은 마치 황금빛 새처럼 내게로 날아왔다.

나는 그것의 부드럽고 가벼운 감촉을 손으로 느끼면서 전율했다. 나는 혐오감과 욕망을 동시에 느끼면서 두근거리는 가슴으로 그곳에 앉아 있었다. 범죄와 연관되어 있는 것을 만지고 있다는 혐오감이었고, 파렴치하되 신비스러운 그 무언가의 유혹 앞에서 느끼는 욕망이었다.

의사가 어깨를 으쓱하면서 말했다.

"사람의 마음이란 무슨 짓이든 저지를 수 있는 법이지요."

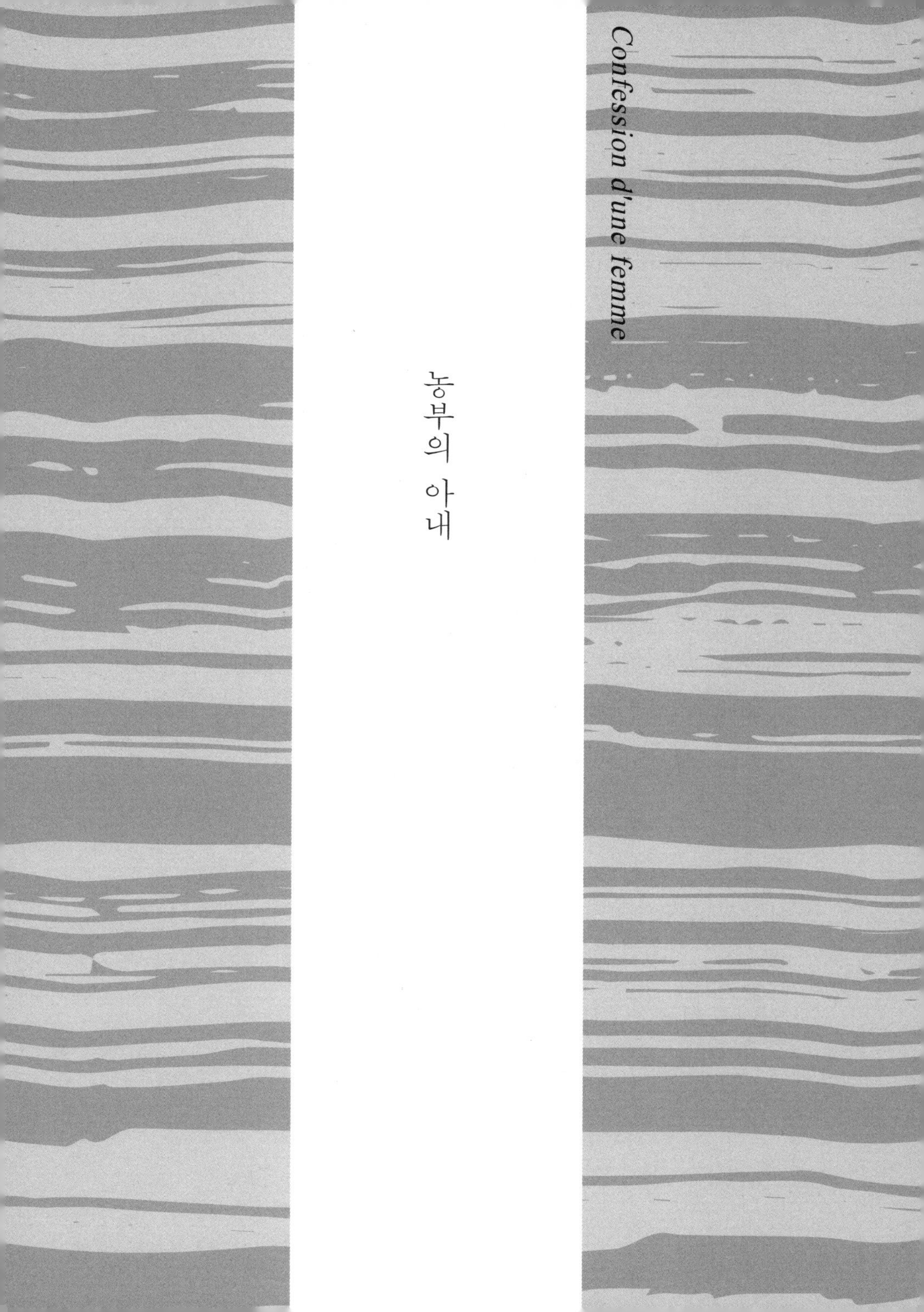

농부의 아내

Confession d'une femme

농부의 아내

"마랭빌에 있는 내 농장으로 가서 나와 함께 사냥 시즌을 열어보지 않겠소?" 르네 뒤 트레유 남작이 내게 말했다. "그래주면 정말 기쁘겠소. 무엇보다 이번에는 나 혼자 갑니다. 사냥터까지 가는 길이 험하고 머물 집이 워낙 누추해서 정말 가까운 친구가 아니면 초대하기가 어렵구려."

나는 그의 초대를 받아들였고 토요일에 우리는 노르망디행 열차에 몸을 실었다. 우리는 알비마르라는 역에서 내렸고 남작이 마차라기보다는 달구지에 가까운 것을 가리키며 말했다. 한 마리 말이 끄는 달구지였다.

"저걸 타고 갈 겁니다."

키 큰 백발의 농부가 마부 노릇을 하고 있었다. 남작을 발견하자 마부는 주인에게 손을 내밀었고 남작은 반갑게 그의 손을 잡으며 물었다.

"르브뤼망 영감님, 잘 지냈어요?"

"늘 그렇지요, 남작님."

우리는 거대한 두 바퀴 위에 얹혀 흔들리는 닭장 안으로 뛰어 올랐다. 어린 말은 한 번 세차게 뒷걸음질을 치더니 달리기 시작했고 우리는 공처럼 마구 튀어 올랐다. 공중으로 떠올랐다가 다시 나무 의자로 떨어질 때마다 엉덩이에 격렬한 통증이 왔다.

그때마다 농부가 조용하고 단조로운 목소리로 말을 달랬다.

"자, 자, 착하지, 무타르! 자, 자, 착하지!"

하지만 무타르는 주인의 말에 아랑곳하지 않고 염소처럼 껑충껑충 뛰었다. 닭장 뒤쪽 빈칸에 있던 우리의 사냥개 두 마리는 벌떡 일어나서 자기들이 사냥감을 추적하게 될 곳의 냄새를 맡으며 코를 킁킁거리고 있었다.

남작은 슬픈 눈으로 멀리 광활한 노르망디 풍경을 바라보았다. 풍경 전체가 거대한 영국 정원처럼 물결치고 있었고 우수에 젖어 있었다. 저 멀리 까마득히 숲과 관목 숲이 보이는 곳까지 드문드문 농가들이 있었고 농가를 둘러싸고 있는 뜰에는 서

너 줄의 나무들이 줄지어 서 있었으며 키 작은 사과나무들이 집을 가리고 있었다. 왕족의 영지를 관리하는 정원사가 조경을 하려 할 때면 꼭 둘러봐야 할 풍경이었다.

풍경에 젖어 있던 남작이 갑자기 소리쳤다.

"나는 이 땅을 사랑해! 바로 이곳에 내 뿌리가 있는 거야."

그는 키 크고 강인하며 배가 약간 나온 순수 노르망디 사람이었다. 그는 이 세상 모든 대양 해안가에 왕국들을 세운 저 옛 노르망디 종족의 후예였다. 그의 나이는 50세쯤이었고 마중 나온 농부는 그보다 열 살 정도 더 먹어 보였다. 농부는 호리호리했으며 온몸이 군살 한 점 없이 뼈와 가죽으로만 이루어져 있는 것 같았다.

끝없이 같은 풍경이 이어지는 푸른 평원을 지나 돌투성이 길을 두 시간 달린 끝에 달구지는 사과나무들이 심어져 있는 농가 마당으로 들어섰고 거의 허물어져가는 건물 앞에 멈춰 섰다. 늙은 하녀가 젊은이와 함께 서서 우리를 맞았고 젊은이가 말고삐를 잡았다.

우리는 농가 안으로 들어갔다. 연기에 그을린 부엌은 널찍했고 천장이 높았다. 구리와 자기로 된 주방 기구들이 화덕 불빛에 반짝이고 있었다. 고양이가 의자 위에서 잠들어 있었고 탁자 밑에 개가 한 마리 있었다. 우유와 사과와 연기 냄새 등 오래된 농가 특유의 뭐라고 형언하기 어려운 냄새가 풍겼다. 흙 냄새, 벽 냄새, 가구들 냄새, 바닥에 흘린 수프 냄새, 전에 살던 사람들의 빨래 냄새, 그곳에 살던 모든 사람들의 냄새, 동물과 사람이 뒤섞인 냄새, 사물들과 생물들의 냄새, 시간의 냄새, 흘러가버린 모든 것들의 냄새가 풍기고 있었다.

나는 밖으로 나가 마당을 둘러보았다. 마당은 넓었으며 가지가 휘어진 땅딸막한 사과나무들이 빽빽하게 심어져 있었고 과일들이 주변 풀밭에 지천으로 떨어져 있었다. 마당에서는 노르망디의 사과 향기가 남부 프랑스 해변의 오렌지 향기처럼 짙게 풍기고 있었다.

네 줄로 심은 너도밤나무가 농가를 둘러싸고 있었다. 어찌나 키가 큰지 어둠이 내리기 시작한 그 시각에 보자니 마치 그 끝이 구름에 닿아 있는 것 같았고 밤바람이 스치고 지나가는 그 꼭대기는 바람에 흔들리면서 구슬픈 탄식을 끊임없이 토해내고 있었다.

나는 다시 안으로 들어갔다.

남작은 불에 발을 쪼이면서 농부가 들려주는 마을 일에 귀를 기울이고 있었다. 그는 혼인과 출생과 사망에 대해 이야기했고,

곡물 가격 하락에 대해, 가축에 대한 최근 소식들에 대해 이야기했다. 그는 뵐르에서 사온 암소가 6월 중순에 새끼를 낳았다고 했다. 그리고 지난해에는 시드르(사과주)의 생산이 시원치 않았다고도 했다. 그리고 이 지방에서 살구는 이제 점점 사라져 가고 있다고도 했다.

그런 뒤에 우리는 저녁 식사를 했다. 단순하면서도 풍성한 시골 음식이었다. 식사는 조용한 가운데 길게 이어졌다. 식사 도중 나는 남작과 농부 사이가 남달리 친근하다는 사실—실은 처음부터 놀라고 있던 사실이긴 했다—에 주목하지 않을 수 없었다.

밖에서는 세찬 밤바람에 너도밤나무들이 계속 한숨을 토해 내고 있었으며 우리에 가두어 놓은 개들은 기괴할 정도로 낑낑거리며 울부짖고 있었다. 벽난로의 불도 꺼졌고 하녀도 잠자리에 들었다. 르브뤼망 영감(르브뤼망은 성이고 이름은 장이었다)이 남작에게 말했다.

"남작님, 괜찮으시다면 저도 잠자리에 들겠습니다. 밤늦게까지 있는 건 익숙지가 않아서요."

그러자 남작이 손을 내밀며 말했다.

"그래요, 어서 가봐요."

어찌나 다정한 어조였는지 농부가 사라지자마자 내가 남작에게 말했다.

"저 사람이 당신에게 헌신적인가 보지요?"

"아니, 그 이상이오! 정말 단순하면서도 슬픈 오래된 드라마가 저 사람과 나를 엮어주고 있다오. 사연을 들어보겠소?"

*

나의 선친이 기병대 연대장이었던 것은 알고 있지요? 그 시절 선친은 어느 농사꾼의 아들을 당번병으로 두었는데, 그 당번병이 바로 저 노인이라오. 아버님께서는 군복을 벗으시면서 그 당번병을 하인으로 데리고 나왔어요. 그때 저 노인이 마흔 살쯤이었고 나는 서른 살쯤이었소. 우리는 코드벡-앙-코 가까이 있는 발렌느 성에 살고 있었지.

당시 나의 어머니를 모시던 가정부는 정말 보기 드물게 예쁜 아가씨였다오. 금발에 날씬하고 쾌활했어요. 지금은 보기 힘든 진짜 재치 있는 말괄량이라고 할 만했지. 요즘에는 그런 처녀들이 거의 없어요. 그 나이에 이르기 전에 왈패가 되어버린다니까. 파리가 철도를 이용해서 여자 티가 나기가 무섭게 그녀들을 유혹하고, 부르고, 붙잡아버린단 말이오. 전에는 순진한 가정부로 남아 있었을 처녀들을 타락시켜버리지.

어쨌든 그녀는 매력적이었고 나는 몇 번인가 어두운 구석에서 그녀의 몸을 껴안았소. 맹세코, 그게 전부였소! 게다가 그녀는 아주 정숙했소. 더욱이 부모님 집에 있으면서 이상한 짓을 한다는 건……. 뭐, 요즘 망나니들이야 그런 건 아랑곳하지 않겠지만…….

그런데 아버님의 하인, 그러니까 옛 병사, 즉 조금 전에 물러간 그 농부가 그녀를 미친 듯 사랑하게 된 거요. 정말 미쳤다는 표현이 딱 알맞을 거요. 처음에는 그가 뭐든지 깜빡 잊고 어떤 것에도 집중하지 못한다는 것을 눈치챘을 뿐이었소.

아버님이 계속 그에게 물었다오.

"이보게, 장, 대체 무슨 일이야? 어디 아픈 데라도 있나?"

그러면 그는 "아, 아닙니다, 남작님. 아무 일도 없습니다요"라며 손사래를 쳤다오.

그는 점점 야위어갔다오. 식탁을 차리다가 툭하면 잔을 깨뜨렸고 접시를 떨어뜨렸지. 무슨 신경계 질환을 앓고 있는 것 같다는 생각에 우리는 의사를 불렀어요. 의사는 척추에 무슨 이상이 생긴 것 같다고 하더군. 그러자 그 충실한 하인이 크게 걱정

된 아버님은 그를 병원에 입원시키려 하셨어요. 그 소식을 전해 들은 그 불쌍한 사내는 아버님께 모든 것을 털어놓았다오.

"남작님."

"왜 그러나?"

"저기 말입니다, 제게 필요한 건 약이 아니라……."

"아, 그래? 그렇다면 뭐가 필요하지?"

"결혼입니다!"

아버님께서 놀라서 그를 돌아보며 되물었어요.

"아니, 지금 뭐라고 했나?"

"결혼입니다!"

"결혼! 그렇다면……. 이런 멍청이! 사랑에 빠진 거로군!"

"네, 남작님. 맞습니다."

아버님이 어찌나 호탕하게 웃으셨던지 옆방에 있던 어머니가 소리쳐 물었다오.

"여보, 대체 무슨 일이에요?"

아버님이 대답하셨소.

"여보, 이리 와봐요."

어머니께서 오시자 아버님은 너무 웃어서 눈물까지 내비치며 이 천치바보가 상사병에 걸렸다고 말해주었다오. 하지만 어머니는 웃지 않으셨다오. 대신 감동어린 표정으로 물었지.

"그래, 이 딱한 친구야, 도대체 누구를 그렇게 사랑하는 거야?"

그는 주저 없이 대답했어요.

"루이즈입니다, 남작 부인."

그러자 어머니께서 진지하게 말씀하셨다오.

"좋아요. 어떻게든 최선의 방도를 찾아보지."

어머니는 곧바로 루이즈를 불러서 물어보았소. 그러자 루이즈는 장이 자신을 좋아하는 것을 이미 알고 있었다고, 장 자신이 실제로 몇 번인가 사랑을 고백하기도 했다고, 하지만 자기는 장을 원하지 않는다고 대답했다오. 하지만 왜 그러는지 이유는 한사코 밝히지 않았소.

이후 두 달이 흐르는 동안 부모님은 그녀에게 끊임없이 장과의 혼인을 종용했어요. 그녀는 누군가 좋아하는 사람이 따로 있는 것은 아니라고 이미 선언한 터였기에 혼인을 거절할 만한 그럴듯한 명분을 내놓지는 못했다오. 아버님은 두둑한 돈을 선물로 내놓음으로써 그녀의 저항을 꺾을 수 있었어요. 그들은 결혼한 후 성을 떠나 지금 우리가 앉아 있는 이곳으로 옮겼어요. 아버님이 소작인으로 정착시켜준 거지요. 그 후 나는 3년 동안 그들을 보지 못했다오.

그런데 3년 후 루이즈가 폐병으로 세상을 떠났다는 소식을 들었어요. 이어서 부모님도 돌아가시고 그 후로도 2년 동안 나는 장을 만나지 못했다오.

그러던 어느 해 가을, 그러니까 10월 말경 이곳 내 소유지로 와서 사냥을 해보고 싶다는 생각이 문득 들었소. 아버님은 늘 이곳에 사냥감이 많다고 말씀하시곤 하셨지요.

비가 내리는 어느 날 저녁, 내가 이곳에 도착했소. 나는 아버님의 늙은 하인이 완전히 백발로 변한 것을 보고 놀랐소. 아직 마흔대여섯 살밖에 되지 않았는데 말이오. 나는 지금 우리가 앉아 있는 바로 이 식탁에서 그와 함께 저녁을 들었소. 비가 몹시 세차게 내리고 있었지. 빗줄기가 지붕과 벽과 창문을 때리는 소리, 물줄기를 이루어 마당을 흐르는 소리가 들렸다오. 그날 내가 데리고 온 개도 마치 오늘 데려온 개들처럼 우리 속에서 울부짖었소.

가정부가 잠을 자기 위해 자리를 뜨자 그가 갑자기 머뭇거리는 목소리로 나를 불렀소.

"저, 남작님."

"무슨 일이지, 장 아저씨?"

"드릴 말씀이 있습니다."

"말해봐요."

"루이즈 기억나시지요? 제 아내였던 사람."

"물론이지, 기억나다마다."

"그러니까, 그 사람이 남작님께 전할 말을……."

"전할 말? 그게 뭔데요?"

"그러니까, 고백 같은 거라고 해야 할지……."

"아, 도대체 그게 뭐냐니까?"

"그러니까, 그게…… 차라리 말씀드리지 않는 편이……. 그래도 전해드려야만 할 것 같아서……. 그래요, 그 사람은 폐병으로 죽은 게 아닙니다. 그건 슬픔 때문이었지요. 그래요, 오로지 그 때문이었습니다. 저와 결혼하고 이곳에 살게 되자마자 그 사람은 야위어갔습니다. 너무나 변해서 남작님이 보셨어도 못 알아보셨을 겁니다. 그 사람은 결혼하기 전의 저와 똑같았습니다. 다만 둘이 정반대가 되어버린 거지요.

의사를 불렀습니다. 의사는 간에 이상이 있다고 했습니다. 무슨 어려운 용어를 썼는데 저는 그런 건 잘 모르겠습니다. 저는 그 사람을 위해 좋다는 약은 모두 사들였습니다. 아마 300프랑어치도 넘었을 겁니다. 하지만 그 사람은 약을 입에 대지도 않고 '불쌍한 분, 그럴 필요 없어요. 아무 소용없어요'라고

만 말했습니다. 하지만 어딘가 아픈 데가 있는 건 틀림없었습니다.

그러던 어느 날 저는 그 사람이 울고 있는 모습을 보았습니다. 정말이지, 저는 어찌할 바를 몰랐습니다. 정말로……. 저는 예쁜 모자와 옷, 머리 기름, 귀걸이들을 사다주었습니다. 하지만 아무 소용없었습니다. 저는 그 사람이 죽어가고 있음을 알게 되었습니다. 11월 말 눈 내리던 어느 날 밤, 하루 종일 침대에 누워 있던 그 사람이 신부님을 불러달라고 했습니다. 저는 신부님께 갔습니다. 그런데 신부님이 오시자 그 사람이 제게 말했습니다.

'여보, 당신에게 고백할 게 있어요. 고백해야만 해요. 저는 당신에게 부정한 짓을 저지르지 않았어요. 절대로! 절대로! 당신과 결혼하기 전이나 결혼한 후에도……. 저기 계신 신부님께서 증명해주실 거예요. 제 영혼을 속속들이 다 아시고 계시니까요. 자, 들어보세요, 여보. 제가 죽어가는 건, 성을 떠나는 슬픔을 이길 수 없었기 때문이에요. 제가 젊은 르네 남작님을 너무 좋아하기 때문이에요. 여보, 잘 들어요. 그분을 좋아하는 것뿐이에요. 그건 해로운 게 아니잖아요! 그런데 그게 저를 죽이고 있어요. 그분을 다시 볼 수 없게 되었을 때 저는 제가 죽으리라는 것을 느낄 수 있었어요. 그분을 한 번 뵙기만 해도, 그냥 뵙는 것만으로도 살아갈 수 있으련만! 언젠가 먼 훗날, 제가 세상을 떠난 후에 그분에게 말씀을 전해주길 바라요. 꼭 맹세해주세요! 신부님이 계신 앞에서 꼭 맹세해주세요! 제가 이렇게 죽었다는 걸 어느 날 그분이 아신다면 저는 위안을 받을 거예요. 맹세해주세요!'

남작님, 저는 그 사람에게 굳게 약속했습니다. 그리고 정직한 사내로서, 그 약속을 이제야 지켰습니다."

그는 말을 마쳤다오. 눈에는 눈물이 그렁그렁했어요.

오, 맙소사! 내가 그의 말을 들었을 때 내가 어떤 격정에 사로잡혔는지 당신은 상상할 수도 없을 것이오. 아, 가엾은 사람! 아무것도 모르는 사이에 나 때문에 아내를 잃은 사람! 그리고 바로 이곳에서 오늘처럼 비가 쏟아지는 밤에 아내를 죽인 사람 앞에서 그 이야기를 들려주는 사람!

나는 소리쳤다오.

"오, 불쌍한 사람! 오, 불쌍한 장!"

그러자 그가 중얼거리듯 말했다오.

"남작님, 그게 다입니다. 저도 어쩔 수 없는 일이었습니다. 그 누구도…… 그 어떤 식으로도……. 이제 다 끝난 일입니다."

나는 탁자 위로 손을 뻗어 그의 손을 잡고 울기 시작했소.

그가 물었소.

"남작님, 그 사람 묘에 가보시겠습니까?"

나는 차마 입이 떨어지지 않아 고개만 끄덕였다오. 그가 자리에서 일어나 등불을 밝혔고 우리는 세찬 빗줄기를 헤치고 걸어갔다오.

그가 묘지의 문을 열자 검은 나무 십자가들이 보였소.

갑자기 그가 어느 대리석 석판 앞에 서더니 말했소.

"여깁니다."

이어서 그는 등불을 석판에 가까이 가져갔고 나는 거기 쓰인 글을 읽을 수 있었소.

농부 장 프랑수아 르브뤼망의 아내
루이즈 오르탕스 마리네에게

그녀는 정숙한 아내였다.
하느님이시여, 그녀의 영혼을 보살피소서.

그와 나 두 사람은 우리 둘 사이에 등불을 놓고 젖은 잔디 위에 무릎을 꿇었소. 나는 빗줄기가 대리석 석판을 때리는 것을 바라보았소. 그리고 저 무덤에서 잠들어 있는 그녀의 마음에 대해 생각했소. 오! 가엾은 마음! 가엾은 마음!

이후 나는 매년 이곳에 온다오. 그리고 왠지 저 사람 앞에서는 내가 무슨 죄를 저지른 것 같은 느낌에 사로잡히곤 한다오. 언제나 나를 용서하고 있는 것 같은 저 사람 앞에서!

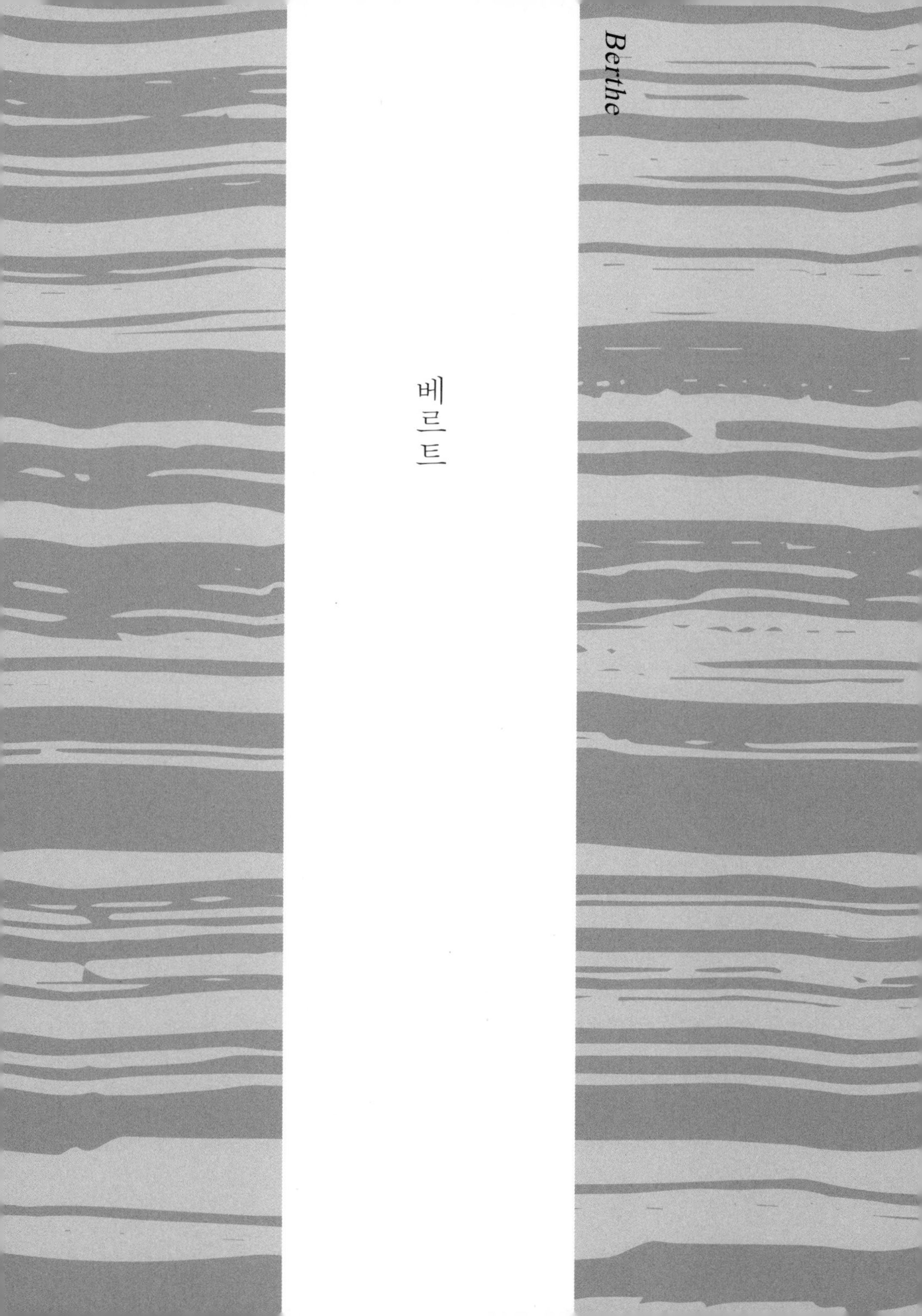
베르트
Berthe

베르트

나이를 먹은 나의 친구—누구든 자신보다 훨씬 연상의 친구를 두는 경우가 있는 법이다—본네 의사가 리옴에 있는 자신의 집에서 며칠간 지내자며 나를 몇 차례 초대했었다. 나는 오베르뉴 지방에는 가본 적이 없었기에 한 번 가보기로 마음먹고 1876년 여름에 그의 초대에 응했다.

내가 아침 기차로 그곳에 도착하자 제일 먼저 의사의 얼굴이 눈에 들어왔다. 그는 회색 정장을 입고 테가 넓은 검은색 펠트 모자를 쓰고 있었다. 위로 올라갈수록 벽난로처럼 폭이 좁아져 마치 숯쟁이들이 쓰는 모자를 연상시키는, 오베르뉴 지방 사람이 아니라면 쓰지 않는 모자였다. 그런 식으로 차려입으니 의사는 늙은 젊은이 같았다. 즉, 얇은 코트에 감싸여 있는 몸은 날

씬했지만 그의 커다란 머리는 백발로 덮여 있었던 것이다.

그는 환하게 기쁨을 드러내며 나를 포옹했다. 오랫동안 기다리던 사람이 나타나면 시골 사람이 으레 보이는 행동이었다. 그는 팔을 뻗어 주위를 가리키며 자랑스럽게 큰 소리로 외쳤다.

"여기가 바로 오베르뉴라네!"

하지만 내 눈에 보이는 것이라고는 한 줄기 산맥뿐이었다. 산꼭대기가 원추 모양으로 되어 있는 것이 사화산의 분화구 같았다.

그는 이어서 역의 이름을 가리키며 말했다.

"리옴은 사법의 고장으로 알려져 있지. 모두들 그것을 자랑스러워하지만 그보다는 차라리 의사들의 고향이라고 하는 게 옳을걸세."

나는 금시초문이라서 "왜요?"라고 물었다.

"왜냐고?" 그가 웃으며 대답했다. "이곳 지명인 리옴(Riom)의 글자를 거꾸로 놓아보게. 죽는다는 뜻의 라틴어 '모리'를 만들 수 있잖아. 내가 이곳에 자리 잡은 것도 그 때문이지."

그는 자신의 농담에 만족한 듯 두 손을 비비며 나를 역 밖으로 데리고 나갔다.

내가 카페에서 카페오레를 마시자마자 그는 내게 도시 구경을 하자고 했다. 온통 검은색이면서 정면을 석재 조각으로 장식한 약국 건물을 비롯해 여타 다른 건물들이 마치 골동품처럼 아름다워 절로 찬사가 나왔다. 이곳의 정육점 주인들이 수호신으로 받들어 모신다는 성모상도 경탄할 만했다. 본네 씨가 그에 얽힌 재미있는 이야기를 내게 해주었지만 그 이야기는 나중으로 미루자. 도시를 구경하는 도중 어느 저택 앞에서 그가 내게 말했다.

"미안하지만 잠깐 환자 한 사람만 보고 와도 되겠나? 그런 후 점심 식사 전에 샤텔귀용 동산으로 데리고 가서 시내 전경(全景)과 퓌드돔 산맥을 구경시켜주겠네. 밖에서 잠시 기다리게나. 내 금방 올라갔다 오겠네."

어두침침하고 창문들이 닫혀 있었으며 아무 소리도 들리지 않는 전형적인 시골 저택이었다. 그는 나를 밖에 세워놓고 그 저택 안으로 들어갔다. 그런데 그가 들어간 집은 특히 더 음산해 보였다. 나는 금세 그 이유를 알 수 있었다. 2층의 모든 창 아랫부분이 덧창으로 가려져 있었던 것이다. 오직 윗부분만 열려 있었는데, 마치 거대한 석조 상자 안에 누군가를 가둬놓고 거리를 내다보지 못하게 막고 있는 것 같았다.

의사가 돌아오자 나는 내가 받은 인상에 대해 이야기해주었다. 그러자 그가 대답했다.

"잘 봤네. 저 안에 갇혀 있는 불쌍한 사람은 밖에서 일어나는 일을 절대로 보면 안 된다네. 미친 여자라네. 아니, 차라리 백치라고 해야 할까? 아주 비참한 이야기이면서 특이한 병리학적 증상을 보여주는 것이기도 하지. 이야기해줄까?"

내가 이야기해달라고 간청했고 그가 이야기를 시작했다.

*

20년 전 이 집에서 계집아이가 한 명 태어났다네. 내가 부모들의 주치의였지. 다른 아이들과 다를 바 없어 보였다네. 그런데 아이의 신체 발육은 제대로 이루어지고 있었지만 지능은 정체되어 있다는 것을 곧 발견하게 되었지.

아이는 일찍 걸음마를 시작했지만 말은 할 줄 몰랐네. 나는 처음에는 그 애가 벙어리가 아닌가 생각했지. 하지만 나는 곧 그 애가 남들이 하는 말을 다 듣긴 하지만 그 말을 조금도 이해하지 못한다는 사실을 알게 되었네. 난폭한 소리에 놀라고 몸을 떨긴 했지만 왜 그런 건지는 조금도 이해하지 못했던 걸세.

그녀는 눈부시게 멋진 여자로 성장해갔지만 지적 능력이 완벽하게 결핍되어 있었기에 말을 하지 못하는 벙어리였다네. 그녀의 두뇌에 약간의 지능의 빛이라도 주입하기 위해 온갖 수단을 다 써보았지만 허사였지. 나는 그녀가 유모 얼굴은 알아보는 것 같다는 생각을 해보긴 했다네. 하지만 젖을 떼자마자 어머니조차 알아보지 못하더군. 그녀는 아이들의 입에서 처음 나오는 그 단어, 군인들이 전장에서 죽어가면서 마지막으로 중얼거리는 그 단어조차 발음할 수 없었던 거야. 이따금 말을 하려는 시도를 해보긴 하더군. 하지만 나오는 것은 그저 웅얼거리는 소리뿐이었다네.

날씨가 좋으면 그녀는 계속 웃으면서 가벼운 소리를 냈는데 마치 새들이 지저귀는 것 같았지. 비라도 내리면 울면서 음산한 비명을 내질렀는데 마치 누가 죽었을 때 개가 울부짖는 것 같았고.

그녀는 어린 짐승들처럼 잔디밭에서 뒹구는 것을 좋아했고 미친 듯 뛰어다니기도 했다네. 매일 아침 햇빛이 방 안으로 들어오면 밖으로 나가게 어서 옷을 입혀달라고 조르는 시늉을 하기도 했다네.

그녀는 사람들을 전혀 분간하지 못하는 것 같았어. 어머니와 유모도 구별하지 못하는 것 같았고 아버지와 나, 마부와 요리사도 구별하지 못했지. 나는 그녀의 부모들을 매우 좋아했네. 그녀 때문에 너무나 불행해진 그들을 거의 매일 찾아가 만났지. 그리고 자주 그들과 저녁을 먹었어. 덕분에 베르트(그녀의 이름이라네)가 음식을 구분할 줄 알고 특별히 좋아하는 음식이 있다는 사실을 알 수 있었네. 그때 그녀의 나이가 열두 살이었지만 마치 열여덟 살 처녀 같은 몸매였다네. 나보다도 키가 컸지.

어쨌든 그때 내게 아이디어가 떠올랐네. 그녀의 식욕을 촉진시켜 그를 통해 그녀의 정신 속에 약하게나마 분별력을 키워주자는 것이었지. 맛의 차이를 통해—비록 사유를 통한 것은 아닐지라도—본능적인 구별 능력을 갖추게 하려는 것이었네. 그것이 사유를 가능케 하는 기본적 과정이 되길 원했던 거라네. 그런 후 나중에 우리의 목적에 도움이 될 만한 것들을 조심스럽게 이용해서 그녀의 지성에 반응을 불러일으키고 점차 무의식적인 그녀의 뇌 활동을 활성화시키려던 거였지.

어느 날 나는 그녀 앞에 두 개의 음식 접시를 놓았네. 하나는 수프였고 다른 하나는 매우 달콤한 바닐라 크림이었지. 나는 두 음식을 번갈아 맛보게 한 다음 그녀가 마음에 드는 것을 고르게 했네. 그녀는 바닐라 크림을 골라서 먹었네. 얼마 가지 않아 그녀는 식탐가가 되었지. 어찌나 식탐을 부리는지 그녀의 머릿속은 온통 식욕만이 지배하는 것 같았다네. 그녀는 다양한 음식들을 완벽하게 구분할 줄 알았고 그녀가 좋아하는 음식을 향해 팔을 뻗고는 게걸스럽게 집어 먹었네. 그것을 치우면 울기까지 했지.

이제 나는 그녀에게 벨이 울리면 스스로 식당으로 올 수 있게끔 가르쳐야겠다고 생각했네. 오래 걸리긴 했지만 드디어 성공할 수 있었네. 그녀의 텅 빈 지능 속에 소리와 음식 사이의 어렴풋한 연관 관계가 정립된 거라네. 두 감각이 상응하면서 하나의 감각이 다른 감각을 부르게 되자 결과적으로 일종의 개념 간의 연계가 가능해진 것이지. 물론 그 두 가지 유기적 기능 간의 본능적인 연계를 개념 간의 연계라고 부를 수 있을지는 잘 모르겠네. 어쨌든 나는 실험을 한 단계 더 진척시켰네. 아주 어렵긴 했지만 시계를 보고 식사 시간을 인지할 수 있게끔 가르치기로 한 거야.

한동안은 그녀가 시곗바늘에 주의를 기울이게 하는 것이 거의 불가능했다네. 하지만 태엽과 타종 장치로 눈길을 끌게 하는 데는 성공했지. 내가 사용한 방법은 아주 단순했네. 나는 식사 시간을 평소처럼 벨 소리로 알리지 말아달라고, 벽시계가 12시를 알리는 종을 울리면 모두들 식당으로 가달라고 식구들에게 부탁했지. 하지만 그녀가 타종 횟수를 헤아리게 하는 데는 실패했다네. 횟수와 상관없이 벽시계 종소리가 울리기만 하면 그녀는 식탁으로 달려가곤 했지. 그러더니 모든 종소리가 식사와 관련 있는 게 아니라는 사실을 조금씩 깨닫더군. 그러고는 종소리가 들릴 때마다 자주 시계 문자판으로 시선을 향하곤 했지.

그 사실을 알게 되자 나는 매일 12시와 6시에 내 손가락으로 문자판 위의 12와 6을 가리켰다네. 그리고 그녀 앞에서 시곗바늘을 돌렸지. 그녀가 유심히 시곗바늘을 쳐다보는 것을 알 수 있었다네.

드디어 그녀가 이해를 했네! 아마, 그녀가 개념을 파악하기 시작했다고 하는 것이 옳겠지. 나는 그녀에게 시간에 대한 지식, 아니 그보다는 시간에 대한 감각을 불어넣는 데 성공한 거야. 이를 테면 잉어들에게 매일 같은 시각에 먹이를 주어서 시각(時刻) 지각 능력을 키워주는 것과 마찬가지였지.

일단 그런 성과를 얻고 나자 집 안에 있는 모든 시계들이 그녀의 관심을 끌었네. 그녀는 종일 시계를 바라보고 종치는 소리를 들으면서 식사 시간을 기다렸지. 그러던 중에 매우 흥미로운 일이 벌어졌네. 그녀의 머리맡 위에 있던 루이 16세 시절의 예쁜 시계의 타종 장치가 고장이 났고 그녀가 그것을 주목하게 된 거야.

그녀는 시계가 10시를 알리기를 20분 동안 기다리고 있었네. 그런데 시곗바늘이 그 숫자 위를 지나는 데도 아무 소리도 들리지 않자 그녀는 놀랐네. 어찌나 놀랐는지 그녀는 그 자리에 주저앉았다네. 뭔가 무서운 재앙이 벌어졌을 때 사람들이 일반적으로 보이는 반응과 같은 것이었지. 그녀는 11시가 될 때까지 참을성 있게 기다렸다네. 하지만 11시가 되어도 당연히 아무 소리도 들리지 않았지. 그녀는 갑자기 배신감 때문에 미칠 듯한 분노에 사로잡혀서인지, 혹은 무시무시한 신비 앞에서 놀란 때문인지, 혹은 그 어떤 장애물 앞에서 인내심이 바닥이 나서인지 벽난로 위의 집게를 집어 들더니 그것으로 시계를 세차게 후려쳐서 단숨에 산산조각을 내버리고 말았다네.

그 사건은 그녀의 뇌가 활동을 하고 있으며 계산을 하고 있다는 것을 분명히 보여주고 있었네. 물론 아주 모호하고 지극히 제한된 범위 안에서이긴 했지. 그녀는 시간을 구별할 수는 있었지만 아직 사람을 구별할 줄을 몰랐으니까 말일세. 그녀의 지능을 자극하기 위해서는 그녀의 정염, 질료적 의미에서의 정염에 호소할 필요가 있었네. 우리는 그 실험을 했다네. 그런데,

아아, 끔찍한 결과를 빚고야 말았으니!

그녀는 눈부시게 아름다운 소녀로 성장했네. 사랑스러운 백치 비너스라고 할 만했지. 그녀의 나이가 열여섯이 되었네. 그토록 완벽한 몸매, 유연하면서 균형 잡힌 몸매는 거의 본 적이 없을 정도였지. 내가 방금 비너스라는 표현을 썼지? 맞아, 금발의 통통하면서 생기 넘치는 비너스였다네. 리넨 꽃처럼 푸른 눈은 맑게 빛나면서도 어딘가 텅 비어 있는 것 같았고 통통한 입술의 큰 입은 마치 키스를 위하여 만들어진 것처럼 탐욕스럽고 관능적이었다네.

그러던 어느 날 그녀의 아버지가 이상한 표정으로 내 진료실로 들어왔네. 그는 내 인사말에 대꾸를 하는 둥 마는 둥 하면서 이야기를 꺼내더군.

"선생님과 아주 중요한 일을 상의하러 왔습니다. 베르트를…… 베르트를 결혼시키는 게 가능할까요?"

"베르트가 결혼을요! 무슨 말씀을! 절대로 불가능합니다!"

"그래요, 저도 잘 알고 있습니다. 알다마다요. 하지만 선생님, 생각 좀 해보세요. 만일, 만일, 그 애가 결혼해서 아이라도 낳는다면, 순전히 희망이긴 합니다만……. 그게 그 애에게 큰 충격

이자 행복이 되어…… 혹시 모성애가 그 애의 지능을 깨워줄지도…….”

나는 무척 당혹스러웠네. 그의 말이 옳았거든. 그러한 새로운 상황, 게다가 경이로운 모성 본능이, 여인의 마음뿐 아니라 하등 동물의 마음속에서도 생동하고 있는 그 모성 본능이, 새끼를 보호하기 위하여 암탉이 개를 향하여 몸을 던지게 만드는 그 모성 본능이 그녀의 텅 빈 마음에 혁명과도 같은 급격한 변화를 가져와서 꼼짝 않고 있는 그녀의 사유 기능을 작동시킬 수도 있다는 생각이 들었지. 게다가 내가 개인적으로 겪은 일도 떠올랐네. 몇 년 전에 나는 작은 사냥개 암컷 한 마리를 키우고 있었네. 너무 멍청해서 아무짝에도 쓸모가 없었어. 그런데 새끼를 낳자 특별히 영리하다고까지는 할 수 없지만 대략 다른 개들 수준까지는 이른 거야.

그런 가능성이 보이자 베르트를 결혼시키겠다는 욕망이 꿈틀거리더군. 그녀나 그녀의 불행한 부모들을 향한 우정뿐 아니라 학문적 호기심도 크게 작용했다는 것을 부인하지 않겠네. 결과가 어떻게 될까? 정말 미묘한 문제였다네. 내가 그녀의 아버지에게 대답했지.

“선생님 말씀이 옳을지도 모르겠습니다. 시도는 해볼 만합니다. 하지만 그녀와의 결혼에 동의할 만한 남자는 찾기 어려울 겁니다."

그러자 그가 나지막하게 대답했다네.

"생각해 둔 사람이 있습니다."

나는 어안이 벙벙해서 말했지.

"정말 그런 사람이 있단 말입니까? 선생님의 신분에 어울리는 그런 사람이?"

"손색이 없습니다."

"이름을 물어봐도 되겠습니까?"

"선생께 그 이름을 알려주고 상의하러 온 겁니다. 가스통 뒤부아 드 뤼셀이라는 친구입니다."

나는 자칫 '아니, 그런 놈을!'이라고 소리칠 뻔했다네. 하지만 겨우 입을 다물 수 있었지. 얼마간 침묵이 흐른 후 내가 조용히 말했네.

"좋습니다. 이의가 없습니다."

그 가엾은 사람이 내 손을 꼭 잡으며 말했다네.

"다음 달에 그 애를 혼인시킬 작정입니다."

가스통 뒤 부아 드 뤼셀은 좋은 가문에서 태어난 망나니였다네. 부친의 유산을 모두 탕진한 뒤 온갖 빚을 잔뜩 짊어진 터였기에 무슨 수를 써서라도 돈을 수중에 넣으려고 혈안이 되어 있는 친구였지. 그러다가 드디어 그 방도를 찾은 셈이 된 거라네.

미남에 건강했지만 방탕한 젊은이였지. 정말 혐오스러운 시골 건달이었던 거야. 하지만 우리의 목표를 이루기 위해서는 더없이 적절한 대상으로 보였네. 후에 한 밑천 줘서 떨쳐 내면 그만이었으니까. 녀석은 백치 여인에게 구애를 하고 폼을 잡기 위해 그녀의 집으로 뻔질나게 드나들었네. 녀석은 그녀가 마음에 들었던 모양이야. 꽃을 들고 오는가 하면 그녀의 손에 입을 맞추고 그녀의 발치에 앉아 애정 어린 눈길로 그녀를 바라보곤 했지. 하지만 그녀는 그의 그런 행동에 아무런 반응도 보이지 않았네. 녀석과 다른 사람을 아예 구별조차 할 수 없었으니까.

어쨌든 결혼식이 거행되었네. 내 호기심이 얼마나 컸을지 짐작할 수 있겠나?

결혼식 다음 날 나는 베르트를 보러 갔다네. 그녀의 내면에서 그 어떤 감정이 깨어났는지 표정을 살펴보기 위해서였지. 하지만 전과 달라진 것이 아무것도 없었네. 오로지 시계와 식사에만 관심이 있었지. 반대로 신랑은 정말 그녀를 사랑하는 것 같았네. 마치 새끼 고양이에게처럼 그녀에게 입을 맞추고 애무를 하면서 아내의 정신과 애정을 일깨우려 애쓰고 있었다네. 하지만 별 소용이 없었지.

나는 그 신혼부부의 집을 뻔질나게 방문했네. 그리고 베르트가 남편을 알아보게 되었다는 사실을 알게 되었네. 그녀는 이제까지 맛있는 음식에게만 던지던 갈망의 눈길을 그에게 던지고 있었던 거야.

그녀는 그의 움직임을 주시했고, 계단이나 옆방에서 들려오는 그의 발걸음을 알 수 있었으며 그가 방 안으로 들어오면 그녀의 표정이 변했고 그윽한 행복과 욕망으로 밝게 빛나는 얼굴로 손뼉을 쳤다네.

그녀는 자신의 온몸으로, 그녀의 가엾고 나약한 영혼이 가 닿을 수 있는 깊이까지 온 영혼을 다 바쳐, 짐승이 그 누구에겐가 감사해할 때의 그 마음으로 온 마음을 다 바쳐 그를 사랑했네. 그 사랑은 정말로 순수한 열정을 밝게, 그리고 순결하게 보여주는 그림 그 자체였다네. 육체적인 열정, 하지만 조심스럽게 삼가는 열정, 자연이 인간에게 심어준 열정 바로 그것이었다네. 인간들이 복잡하게 만들고 거기에 온갖 감정의 그늘을 덧씌워서 변질시키고 왜곡시키기 이전의 열정 바로 그것이었다네.

그런데 그는 얼마 가지 않아 이 열렬하고 아름다운, 하지만 말 한 마디 할 줄 모르는 여인에게 싫증이 났네. 그는 낮에는 단 한 시간도 그녀와 함께 있지 않았네. 밤에 집에 오는 것만으로 충분하다고 생각한 거지. 당연히 그녀는 괴로워했다네. 그녀는 시계에 눈을 고정한 채 아침부터 낮까지 그를 기다렸다네. 그녀는 이제 음식에조차 관심을 기울이지 않았네.

그녀의 몸은 점점 야위어갔네. 다른 모든 생각, 다른 모든 바람, 다른 모든 기다림 등이 그녀의 마음에서 모두 사라졌네. 그리고 그를 보지 못하는 시간들이 그녀에게는 혹독한 고통의 시간으로 변했네.

곧이어 남편이 밤에도 집에 들어오지 않는 날이 잦아졌어. 환락가에 있는 카지노에서 다른 여인들과 밤새 지내고는 동이 틀 무렵에야 집으로 돌아온 거지. 그녀는 그가 돌아오기 전까지는 침대에 들지도 않았네. 그녀는 꼼짝 않고 안락의자에 앉아 도자기 문자판 위에서 천천히 규칙적으로 움직이는 시곗바늘만 뚫어져라 바라보고 있었네.

남편의 말발굽 소리가 멀리서 들리면 그녀는 의자에서 벌떡 일어났다네. 이윽고 남편이 방 안으로 들어서면 그녀는 기계적인 동작으로 손가락을 들어 시계를 가리켰다네. 마치 "얼마나 늦었는지 좀 봐요"라고 말하는 것 같았지. 그러자 남편은 사랑에 빠진, 질투에 사로잡힌 이 백치 여인이 두려워지기 시작했다네. 그리고 짐승 같은 자들이 그러하듯이 화를 냈다네. 그리고 급기야는 손찌검을 하기에 이르게 된 거지.

하인이 나를 부르러 달려왔어. 내가 도착했을 때 그녀는 무섭게 울부짖고 있었다네. 고통 때문인지, 분노 때문인지, 정염 때문인지, 내가 어찌 알 수 있겠나? 미발육 상태의 뇌에서 무슨 일이 벌어지고 있는지 내가 어찌 알 수 있겠나?

나는 그녀에게 모르핀 주사를 놔주어 진정시켰네. 그리고 그녀가 다시는 그 사내를 보지 못하도록 조치를 취했네. 결혼이 필경 그녀를 점차 죽음으로 이끌어갈 것이 분명한 때문이었네.

그러자 그녀는 미쳐버렸네! 그렇다네. 그 백치가 미쳐버린 거라네. 그녀는 늘 그를 생각하고 그를 기다린다네. 밤낮으로, 깨어 있건 잠들어 있건, 한시도 빠짐없이 쉬지 않고 그를 기다린다네. 그녀가 점점 더 야위어가면서 시계 문자판에서 조금도 시선을 떼지 않는 것을 보고 나는 집에 있는 모든 시계를 치워버렸네. 그렇게 시간을 재는 게 불가능해지도록 만들어, 남편이 집으로 돌아오곤 하던 시간을 어렴풋이 더듬으며 기억하지 못하게 하려는 거였네. 그리하여 언젠가 그녀 속의 모든 기억을 지워버리고 내가 그토록 어렵게 심어주려 했던 생각의 빛을 꺼버릴 수 있기를 바라고 있다네.

그리고 며칠 전 나는 실험을 했네. 내 시계를 그녀에게 준 거지. 그녀는 시계를 받더니 얼마간 그것을 바라보더군. 그런데 그녀가 갑자기 무서운 비명을 지르는 거야. 그 작은 물건을 보자 갑자기 점차 희미해지던 기억이 깨어난 것 같았네.

그녀는 이제 정말 딱할 정도로 야위었다네. 움푹 들어간 눈으로 형형한 빛을 발하며 마치 우리 속에 갇힌 야수처럼 한시도 쉬지 않고 왔다 갔다 한다네. 그래서 창문에 창살을 치게 했고 덧창을 높인 거라네. 그리고 방 안에 있는 의자들을 모두 바닥에 고정시켜 놓게 했네. 그가 오는지 밖을 내다보지 못하게 하기 위해서였지.

오, 가엾은 부모님들! 얼마나 고통스러울까!

*

우리는 언덕 꼭대기에 올랐다. 의사가 나를 향해 몸을 돌리며 말했다.

"이곳에서 리옹을 둘러보게."

음울한 도시는 마치 고대 도시 같았다. 도시 뒤로 광활한 녹

색 평원이 끝없이 펼쳐져 있었으며 군데군데 마을들이 징처럼 박혀 있었고, 그 모든 것들 위로는 푸른 운무가 부드럽게 펼쳐져 있었다. 멀리 오른쪽으로는 큰 산들이 길게 산맥을 이루고 있었으며 둥근 봉우리도 있었고 마치 칼로 자른 듯 선명한 선을 자랑하고 있는 봉우리도 있었다. 의사가 마을과 도시, 언덕과 산의 이름들을 열거하며 그에 얽힌 이야기들을 해주었다.

하지만 나는 그의 이야기에 귀를 기울이지 않았다. 나는 오로지 그 미친 여인 생각만 하고 있었고 그녀만을 보고 있었다. 그녀가 마치 음산한 유령처럼 이 광활한 지역 위를 떠돌고 있는 것 같았다.

내가 불쑥 그에게 물었다.

"남편은 어떻게 됐습니까?"

내 친구는 약간 놀란 표정을 짓더니 잠시 망설이다가 대답했다.

"아예 환락가에서 살다시피 하고 있지. 그녀 부모들이 주는 돈으로……. 아주 행복하게 방탕한 생활을 하고 있다네."

둘 다 약간은 침울한 생각에 말없이 천천히 언덕을 내려오고 있을 때였다. 멋진 말이 끄는 이륜마차 한 대가 뒤에서 달려오더니 빠르게 우리를 지나쳤다. 의사가 내 팔을 잡으며 말했다.

"저 사람이야."

내 눈에 띈 것은 넓은 어깨 위, 한쪽 귀가 드러나도록 삐딱하게 머리 위에 얹힌 채 먼지구름 속으로 달아나는 회색 펠트 모자뿐이었다.

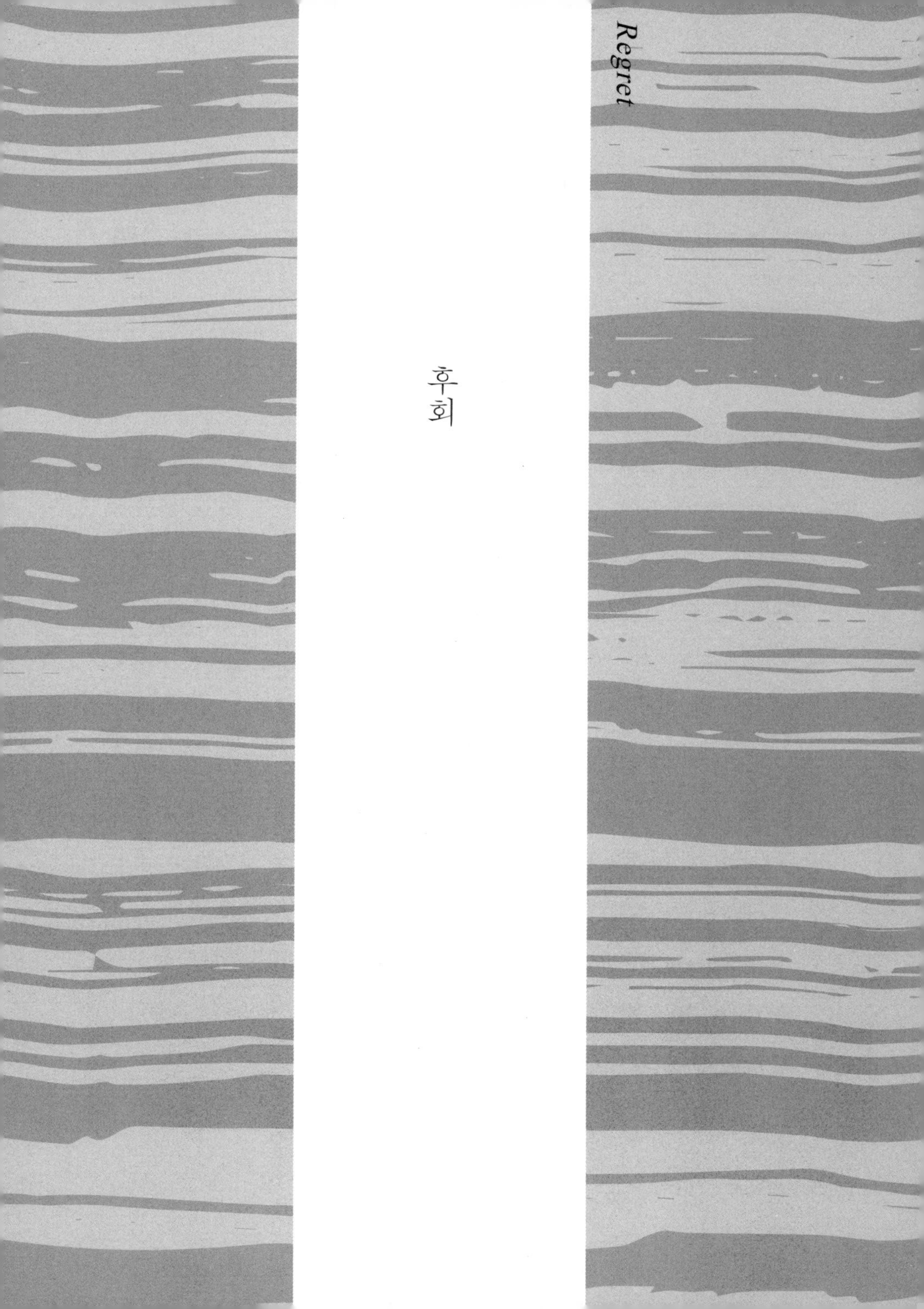
Regret
후회

후회

망트 읍에서 '사발 영감'이라고 부르는 사발 씨가 막 잠자리에서 일어났다. 그는 울고 있었다. 우울한 가을날이었고 낙엽이 떨어지고 있었다. 비에 젖은 낙엽들은 마치 무거운 빗줄기처럼 그렇게 천천히 아래로 내려오고 있었다. 사발 씨는 기분이 별로 좋지 않았다. 그는 벽난로부터 창문까지, 이어서 창문으로부터 벽난로까지 계속 왔다 갔다 했다. 살다보면 우울한 날도 있는 법이다. 하지만 이제 그의 삶에는 우울한 날밖에 없으리라. 그의 나이가 이미 예순둘이었던 것이다. 그는 주변에 아무도 없는 외톨이였고 노총각이었다. 그렇게 홀로, 자신에게 헌신해 줄 사람 하나 없이 외톨이로 죽는다는 것은 그 얼마나 쓸쓸한 일이란 말인가!

그는 그토록 메마르고 공허한 자신의 삶을 곰곰이 되돌아보았다. 그는 지난날을 차례대로 회상했다. 어린 시절, 그 시절의 가정, 부모들의 집……. 이어서 중학교 시절, 그 시절의 어리석은 짓들……. 파리에서 법학을 공부하던 시절, 아버지의 병환과 죽음.

아버지가 돌아가시자 그는 고향으로 돌아와 어머니와 함께 지냈다. 그들은 아주 평안하게, 더 이상 아무런 욕심도 없이 살았다. 그리고 어머니가 돌아가셨다. 오, 삶이란 그 얼마나 쓸쓸한가! 그때부터 그는 홀로 살았다. 그리고 이제 그가 곧 죽을 차례가 된 것이다. 그는 사라질 것이고 그것으로 끝이었다. 이 지상에는 더 이상 폴 사발은 존재하지 않게 될 것이다. 이 얼마나 소름끼치는 일인가! 다른 이들은 여전히 사랑하고 웃을 것이다. 그렇다! 사람들은 계속 삶을 즐기겠지만 그는 더 이상 존재하지 않는다! 죽음이라는 그 영원한 확실성 아래에서 사람들이 웃고 즐길 수 있다는 것, 기뻐할 수 있다는 것이 이상하지 않은가? 이 죽음이라는 것이 단지 하나의 개연성이라면 사람들은 희망을 가질 수도 있으리라. 하지만 그렇지 않다. 낮이 지나면 밤이 오듯 죽음은 불가피하다.

하지만 만일 그의 삶이 충만했더라면! 무언가 이루기라도 했다면! 모험을 겪었거나 크게 즐거운 일을 겪었다면! 성공을 했거나 그 어떤 종류의 것이건 만족감을 느꼈다면! 그러나 아니었다. 아무것도 없었다. 매일 같은 시각에 침대에서 일어나 먹고 다시 잠자리에 드는 것 외에는 아무것도 하지 않았다. 그런 식으로 살아오면서 예순두 살에 이르렀다.

다른 사람들에게는 다 있는 아내조차 없었다. 왜 그랬을까? 대체 왜 결혼을 하지 않게 된 것일까? 상당한 재력도 있었으니 하려는 마음만 먹었으면 할 수도 있었다. 기회가 없었던 것일까? 그럴지도 모른다. 하지만 기회란 만드는 것이다. 그는 매사에 무관심하고 무기력했다. 그게 전부였다. 무기력은 그의 결점이었고 악덕이었다. 얼마나 많은 사람들이 무기력으로 인해 자신의 삶을 망치는가! 세상에는 천성적으로 잠자리에서 일어나 꼼지락거리고, 긴 산책을 하고, 말하고, 어떤 문제에 대해 곰곰이 생각하는 일이 어려운 사람들이 있는 법이다.

심지어 그는 사랑을 받은 적도 없었다. 사랑으로 완전히 자신을 내맡긴 채 그의 품에서 편히 쉬었던 여인도 없었다. 그는 기다림이라는 달콤한 번민도, 그에게 붙잡힌 여인의 손의 그 신묘한 떨림도, 타오르는 듯한 정염의 환희도 겪어보지 못했다.

두 입술이 처음으로 마주치는 순간, 부둥켜안은 네 개의 팔이 두 존재를 하나로 만들어주는 순간, 극도의 행복감에서 서로가 서로에게 취해 있는 그 순간, 우리의 가슴에는 그 얼마나 신비로운 행복이 흘러넘치는가!

사발 씨는 헐렁한 실내용 가운 차림으로 불가에 앉아 발을 벽난로 쪽으로 뻗었다. 분명 그의 삶은 망가진, 그것도 완벽하게 망가진 삶이었다. 물론 그도 사랑을 했었다. 하지만 매사가 그렇듯이 은밀하고 슬프게, 무기력하게 사랑했다. 그렇다, 그는 자신의 오랜 벗 상드르의 부인을 사랑했다. 아, 그녀가 처녀였을 때 그녀를 알았더라면! 하지만 그는 그녀를 너무 늦게 만났다. 그녀는 이미 결혼한 상태였던 것이다. 만일 그렇지 않았다면 그는 그녀에게 청혼했을 것이다. 하지만 그녀가 이미 유부녀임에도 불구하고 그녀를 처음 본 순간 그는 그녀를 사랑하게 되었던 것이니!

그는 그녀를 볼 때마다 그를 사로잡던 감정을 회상했고, 그녀 곁을 떠날 때의 슬픔을 생각했다. 그리고 그녀 생각에 잠 못 이루던 수많은 밤들을 떠올렸다. 하지만 아침에 일어나면 그는 전날 저녁보다는 훨씬 이성적이 되어 그 감정이 훨씬 누그러져 있었다.

왜일까?

이전에 그녀는 얼마나 예뻤고 우아했는가? 곱슬머리 금발에 언제나 웃고 있던 그녀! 상드르는 결코 그녀에게 어울리는 남자가 아니었다. 이제 그녀의 나이는 쉰여덟이다. 그녀는 행복해 보인다. 아, 그녀가 흘러간 옛날에 그를 사랑하기만 했더라면! 단지 그를 사랑하기만 했더라면! 또한 그녀가 어찌하여 그를, 사발을 사랑하지 않았던 것인가! 그가, 사발이 그녀, 상드르 부인을 그토록 사랑하고 있었는데!

그녀가 눈치를 채기만 했어도……. 정말로 그녀는 아무런 눈치도 채지 못했고, 아무것도 보지 못했으며 아무것도 깨닫지 못했단 말인가? 만일 눈치를 챘다면 그녀는 어떻게 생각했을까? 그가 고백을 했다면 그녀가 뭐라고 대답했을 것인가?

사발은 그 외에도 수많은 질문을 스스로에게 던졌다. 그는 자신의 전 생애를 되짚으며 수많은 세세한 일들을 되새기려고 애썼다.

그는 상드르 부인이 아직 젊고 매력적이던 시절 상드르의 집에서 보냈던 기나긴 밤들을 회상했다. 그녀가 그에게 해주었던 말들, 그녀의 억양, 많은 뜻을 포함하고 있는 것 같은 그녀의 자그마한 미소를 회상했다.

그는 일요일이면 셋이 함께 센 강변으로 산책을 가던 날들을 떠올렸다. 그들은 풀밭에서 점심을 먹었다. 그런데 그에게 문득 강변 숲에서 그녀와 단둘이 보냈던 어느 날 오후가 또렷하게 떠올랐다.

그들은 바구니에 음식을 담아 아침 일찍 출발했다. 사람들을 취하게 만드는 밝은 봄날 아침이었다. 모든 것이 신선한 향기를 풍겼고, 모든 것이 행복해 보였다. 새들이 더 명랑하게 지저귀면서 보다 빠르게 날았다. 그들은 햇빛을 받아 반짝이는 물가 버드나무 아래 풀밭에서 점심을 먹었다. 신선한 식물들의 향기를 머금은 향긋한 대기를 그들은 한껏 들이마셨다. 오, 그날 온갖 것이 그 얼마나 유쾌했던가!

점심 식사 후 상드르는 벌렁 누워서 잠을 잤다. "정말 평생 이렇게 단잠을 자본 적이 없었어"라고 그는 잠에서 깨어나면서 말했었다.

상드르가 잠들어 있는 사이 상드르 부인이 사발의 팔짱을 낀 채 둘은 강변을 산책했다. 그녀는 부드럽게 그의 팔에 기대면서 웃는 얼굴로 말했다.

"저, 취한 것 같아요. 정말 취한 것 같아요."

그는 그녀를 바라보았다. 가슴이 두근거렸다. 그는 자신의 얼굴이 창백해진 것을 느끼고 자신이 그녀에게 너무 뻔뻔스럽게 보이지 않을까, 자신의 떨리는 손이 자신의 마음속 열정을 드러내지 않을까 두려웠다.

그녀는 야생화들과 수련으로 화관을 만들어 머리에 얹으며 그에게 물었다.

"어때요, 예쁘지요?"

그가 대답이 없자—그는 무슨 말을 해야 할지 알 수 없었다. 다만 그녀 앞에 무릎을 꿇고 싶을 뿐이었다—그녀가 웃음을 터뜨렸다. 약간 짜증이 섞인 웃음소리였고 화를 내는 것 같기도 했다. 그러고는 "이런 바보! 도대체 뭐예요? 무슨 말이라도 해야 하는 것 아니에요?"라고 말했다.

그는 울고 싶은 심정이었지만 한 마디 말도 할 수 없었다.

이 모든 것들이 지금 아주 생생하게, 그 일이 벌어졌던 바로 그날처럼 생생하게 되살아났다. 그녀는 왜 "이런 바보! 도대체 뭐예요? 무슨 말이라도 해야 하는 것 아니에요?"라고 말했던 것일까?

또한 그는 그녀가 얼마나 다정하게 그의 팔에 기대었는가를 회상했다. 어느 나무 그늘 밑을 지나는 순간 그녀의 귀가 자신의 뺨에 닿는 것을 느끼고 그는 황급히 얼굴을 멀리 했다. 자기가 지나치게 친근한 모습을 보인다고 그녀가 생각할까봐 염려

되어서였다.

그가 "이제 돌아갈 때가 되지 않았나요?"라고 그녀에게 말했을 때 그녀는 그에게 묘한 시선을 던졌다. 그러고는 역시 야릇한 표정으로 그를 바라보며 "물론이지요. 그래야지요"라고 말했다. 당시 그는 그런 점들에 대해서는 전혀 생각이 미치지 못했었다. 그런데 지금은 그 모든 것들이 너무나 분명하게 보였다.

그녀가 말을 이었다.

"좋을 대로 하세요. 피곤하시면 돌아가야지요."

그러자 그가 대답했다.

"피곤하긴요. 하지만 상드르가 지금쯤 잠에서 깼을 겁니다."

그러자 그녀가 말했다.

"제 남편이 깨어 났을까봐 걱정이시라면 도리가 없네요. 자, 돌아가요."

돌아오는 동안 그녀는 말이 없었고 더 이상 그의 팔에 기대지도 않았다. 대체 왜?

그 당시에는 그에게 '왜?'라는 질문은 떠오르지 않았다. 그는 이제야 당시에 이해할 수 없었던 그 무언가를 알 수 있을 것 같았다.

혹시?

사발 씨는 얼굴이 화끈거리는 것을 느끼며 벌떡 일어났다. 마치 서른 살은 더 젊어진 기분이었고 상드르 부인이 "사랑해요"라고 속삭이는 소리를 들은 것 같았다.

아니, 어떻게! 방금 떠오른 생각에 그는 괴로웠다. 아니, 어떻게 그걸 눈치도 못 채고 짐작조차 못했단 말인가!

아, 만일 그게 사실이라면! 찾아온 행복의 기회를 잡지 않고 날려버린 것이라면!

그는 생각했다.

'알아내야 한다. 이런 의혹 속에 머물러 있을 수는 없다. 알아내야 한다! 나는 예순두 살이고 그녀는 쉰여덟 살이다. 지금 그녀에게 묻는다고 해서 큰 결례는 아닐 것이다.'

그는 집을 나섰다.

상드르의 집은 길 건너 그의 집 바로 맞은편에 있었다. 그는 길을 건너서 그의 집 문을 두드렸다. 잠시 후 어린 하녀가 문을 열어주었다. 이토록 이른 시각에 그가 찾아온 것을 보고 하녀가 놀라서 물었다.

"이렇게 일찍 웬일이세요? 무슨 일이 있으세요?"

"아니야." 그가 대답했다. "하지만 가서 주인마님께 내가 급히 여쭐 말이 있다고 전해라."

"마님께서는 겨울에 대비해 배로 잼을 만들고 계세요. 그래서 제대로 옷을 갖춰 입지 못하고 계세요."

"알겠다. 하지만 아주 중요한 일로 마님을 만나봐야 한다고 말씀드려라."

하녀가 사라지자 사발은 흥분해서 성큼성큼 응접실을 서성였다. 하지만 그다지 당황하지는 않았다. 오! 그는 마치 음식 조리법을 묻듯이 그녀에게 그 무언가를 덤덤하게 물어볼 참이었던 것이다. 그의 나이 이제 예순둘이 아닌가!

문이 열리고 부인이 나타났다. 이제 그녀는 두 볼이 통통하고 큰소리로 마음껏 웃음을 터뜨리는, 피둥피둥 살이 찐 여자였다. 그녀는 두 팔을 옆으로 벌린 채 당당하게 걸어 들어왔다. 걷어 올린 팔에는 온통 과일즙투성이였다. 그녀가 걱정스러운 어조로 물었다.

"무슨 일이에요? 어디 아픈 거 아니에요?"

"아닙니다. 다만 당신에게 한 가지 물어볼 게 있어서……. 내겐 아주 중요한 일입니다. 정말로 내 마음을 괴롭히는 일이라서……. 솔직하게 대답해줄 수 있겠지요?"

그녀가 웃었다.

"내가 언제 당신에게 솔직하지 않은 적이 있나요? 어디 말해봐요."

"그러니까…… 그게……. 좋아요! 나는 당신을 처음 본 순간부터 당신을 사랑했었소. 그 사실을 짐작했었나요?"

그녀가 웃으면서 대답했다. 목소리에 어딘가 옛날 어조가 들어 있는 것 같았다.

"이런 바보! 도대체 뭐예요? 첫날부터 알고 있었는데요!"

사발은 몸을 부들부들 떨기 시작했다. 그리고 겨우 더듬더듬 말했다.

"알고…… 있었다고요? 그렇다면?"

그는 입을 다물었다.

그러자 그녀가 물었다.

"그렇다면?"

그가 대답했다.

"그렇다면 당신이 무슨 생각을 하고 있었는지……. 당신이 뭐라고…… 뭐라고 대답했을지……."

그녀가 웃음을 터뜨렸다. 시럽 방울들이 그녀의 손가락을 흘러 응접실 바닥으로 떨어졌다.

"'뭐라고'라니요? 나요? 당신은 내게 아무것도 묻지 않았어요. 내가 먼저 고백할 수는 없었잖아요!"

그러자 그가 그녀에게 한 발자국 다가섰다.

"말해줘요. 제발 말해줘요. 기억하지요? 상드르가 점심 식사 후 풀밭에서 잠들었던 그날……. 우리 둘이 강이 굽어지는 곳까지 멀리 갔던 그날……."

그는 초조하게 기다렸다. 그녀는 웃음을 그치더니 그의 눈을 똑바로 바라보았다.

"물론이지요. 기억하고 있어요."

그가 몸을 부들부들 떨면서 물었다.

"그래요, 그날 만일 내가…… 내가 적극적이었다면 당신은 어떻게…… 어떻게 할 작정이었는지……."

그녀는 아무 미련도 없다는 듯 오직 행복한 여성만이 지을 수 있는 미소를 띠며 솔직하게 말했다. 그녀의 맑은 목소리에는 약간의 빈정거림이 묻어 있었다.

"유혹에 넘어갔을걸요."

그녀는 발길을 돌려 잼을 만드는 방으로 돌아갔다.

사발은 마치 큰 재앙을 맞은 사람처럼 낙담해서 거리로 나왔다. 그는 비를 맞으며 성큼성큼 아무 생각 없이 걸음을 옮겼다. 정신을 차리고 보니 강변이었다. 그는 오른쪽으로 발걸음을 옮겨 강변을 걷기 시작했다. 그는 마치 무슨 본능에라도 이끌리

듯이 오랫동안 걸었다. 옷에서 빗물이 줄줄 흐르고 있었고 넝마처럼 후줄근해진 모자에서는 마치 추녀 끝에서처럼 빗방울들이 떨어지고 있었다. 그는 앞만 보고 계속 걸었다. 이윽고 아주 오래전 그날, 그들이 점심을 먹었던 바로 그곳, 그 추억에 그가 그토록 괴로울 수밖에 없는 그곳에 도착했다. 그는 헐벗은 나무 밑에 앉아 흐느꼈다.

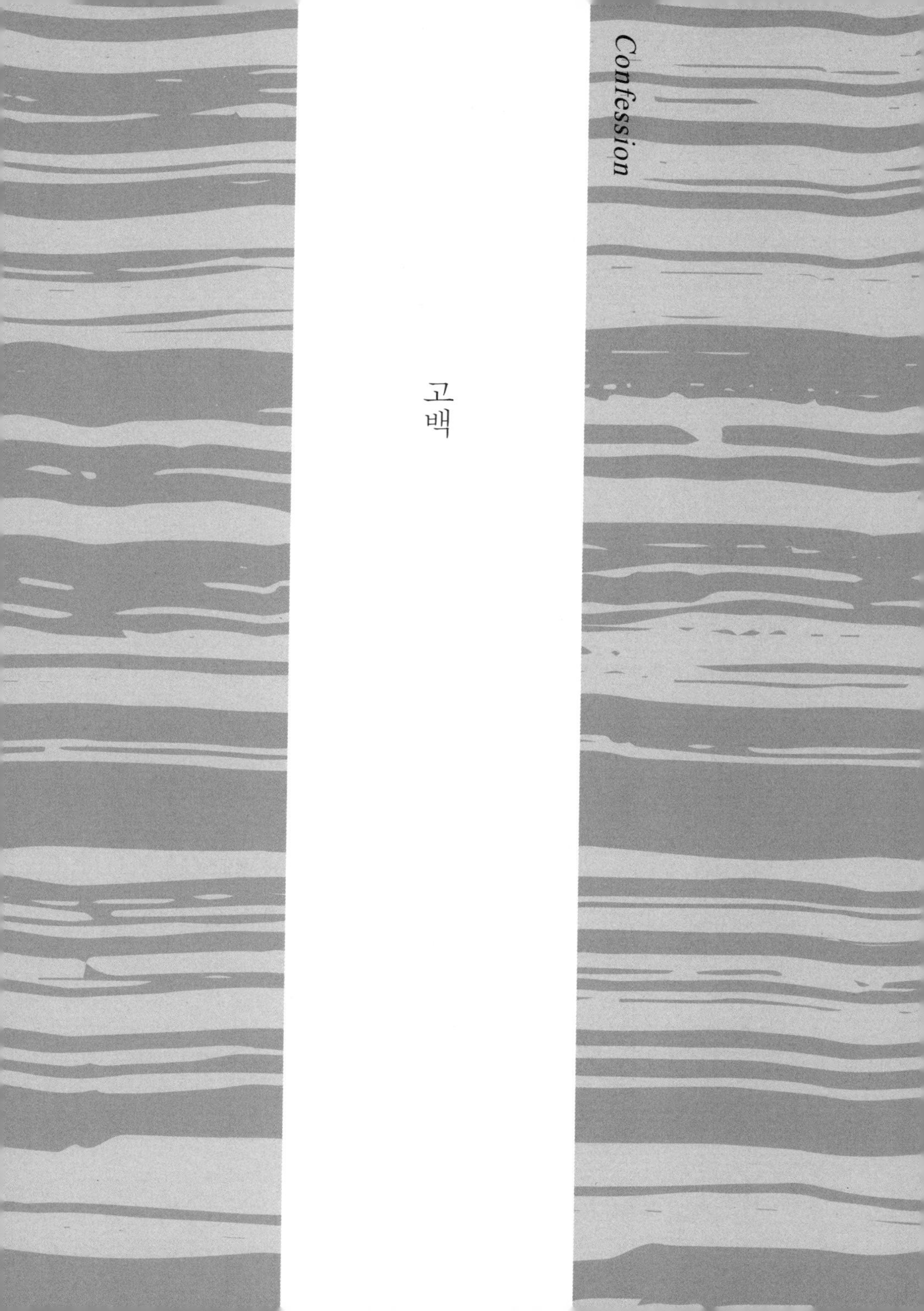
Confession
고백

고백

마르그리트 테렐이 임종을 맞고 있었다. 그녀는 쉰여섯 살인데도 불구하고 최소한 일흔 살은 되어 보였다. 그녀는 침대 시트보다 더 창백한 얼굴로 가쁘게 숨을 몰아쉬고 있었다. 몸이 격렬하게 떨리고 있었으며 얼굴은 온통 일그러져 있었고 마치 눈앞에 무슨 끔찍한 것이라도 보이는 듯 두 눈은 공포에 질려 있었다.

그녀보다 여섯 살 위인 언니 쉬잔은 침대 옆에서 무릎을 꿇고 흐느끼고 있었다. 죽어가는 여인 곁에 있는 작은 탁자 위에는 두 자루의 양초가 타고 있었다. 병자성사와 마지막 영성체를 위해 신부를 기다리고 있었던 것이다.

집 안에는 임종을 앞둔 사람이 있는 곳이라면 어디나 그렇듯 우울한 분위기가 감돌고 있었다. 절망적인 이별을 앞에 둔 분위기였다. 약병들이 가구들 위에 흩어져 있었고 천 조각들이 마치 발로 아무렇게나 차버렸거나 빗자루로 쓸어버린 것처럼 방구석에서 뒹굴고 있었다. 제멋대로 놓여 있는 의자들도 겁에 질려 사방으로 도망가려 하는 것 같았다. 죽음이, 무시무시한 죽음이 그곳에 숨어서, 희생자를 기다리고 있었다.

*

두 자매의 이야기는 애처로웠다. 그 이야기가 멀리까지 퍼져 나갔고 많은 사람들을 눈물에 젖게 했다.

언니인 쉬잔을 한 젊은이가 열렬히 사랑하게 되었고 그녀도 그를 사랑했다. 둘은 약혼을 했다. 그런데 결혼식을 얼마 남겨 놓지 않은 어느 날 약혼자 앙리 드 상피에르가 돌연 세상을 떠났다.

끔찍한 절망에 빠진 처녀는 영영 결혼을 않겠노라고 맹세했다. 그녀는 그 맹세를 굳게 지켰고 한 번 입은 미망인의 상복을 평생 벗지 않았다.

그런데 어느 날 아침, 열두 살밖에 되지 않은 그녀의 동생 마르그리트가 언니의 품에 안기면서 울먹였다.

"언니, 나는 언니가 불행해지는 걸 원치 않아. 언니가 평생 슬퍼하며 지내는 것을 원치 않아. 절대로 언니 곁을 떠나지 않을 거야! 절대로! 나도 절대로 결혼하지 않을 거야. 언제고, 언제고 언니 곁에 있겠어!"

쥐잔은 어린 동생의 헌신적인 마음에 감동해서 입을 맞추었다. 하지만 동생의 약속을 믿지는 않았다.

그러나 어린 동생은 약속을 지켰다. 부모님이 아무리 타이르고 언니가 아무리 빌어도 그녀는 결혼을 하지 않았다. 그녀는 무척 예뻐서 수많은 청혼이 있었지만 모두 거절했다. 그녀는 언니 곁을 떠나지 않았다.

둘은 평생 단 하루도 곁을 떠나지 않고 함께 지냈다. 어디를 가든 늘 함께였으며 절대로 떨어지지 않았다. 그런데 마르그리트는 마치 그 숭고한 희생에 짓눌린 듯 언니보다 더 시름에 잠긴 모습이었으며 우울했고 슬퍼했다. 그녀는 언니보다 더 빨리 늙어갔다. 서른 살일 때에 이미 백발이 되었으며 마치 그 무언가 알지 못할 병에 시달리는 듯 자주 병상에 눕곤 했다.

그리고 이제 그녀가 언니보다 먼저 죽어가고 있는 것이다. 그녀는 스물네 시간 전부터 아무 말이 없었다. 동이 틀 무렵에

단 한 마디를 했을 뿐이었다.

"빨리 신부님을 불러줘."

그런 후 그녀는 고통스러운 모습으로 반듯이 누워 있었다. 그녀의 입술은 마치 마음속에서 치솟아 오르는 말을 차마 입 밖에 낼 수 없다는 듯 떨리고 있었으며 얼굴에는 차마 눈 뜨고 볼 수 없는 고통이 드러나 있었다.

슬픔으로 가슴이 찢어질 듯 아픈 쉬잔은 이마를 침대에 얹은 채 하염없이 흐느껴 울며 같은 말만 되풀이했다.

"마르고, 오 불쌍한 마르고! 나의 어린 것!"

그녀는 동생을 언제나 '나의 어린 것'이라고 불렀다.

계단에서 발소리가 났다. 문이 열렸다. 복사(服事)가 한 명 나타났고 흰 성직자 옷을 입은 늙은 신부가 그 뒤를 따랐다. 신부의 모습을 보자 죽어가던 여인이 갑자기 몸을 일으키더니 입을 열어 몇 마디 말을 중얼거리면서 침대 시트를 긁기 시작했다. 마치 거기 구멍이라도 내려는 것 같았다.

시몬 신부가 다가와 그녀의 손을 잡고 이마에 입을 맞춘 후 부드러운 음성으로 말했다.

"하느님께서 그대의 죄를 사해줄 것이니 용기를 내시오. 이제 그대의 죄를 고백할 시간이 되었으니 어서 말해보시오."

그러자 마르그리트는 온몸을 사시나무처럼 떨었고 그와 함께 침대도 떨렸다. 그녀가 겨우 입을 열어 더듬더듬 말했다.

"언니, 앉아서 들어봐."

사제는 무너지듯 쓰러져 있는 쉬잔 쪽으로 몸을 굽혀 그녀를 일으키더니 의자에 앉혔다. 이어서 그는 두 자매의 손을 하나씩 잡고 말했다.

"주여! 이들에게 힘을 주소서! 자비를 베풀어주소서!"

이어서 마르그리트가 이야기를 시작했다. 떨리는 쉰 음성으로 한 토막 한 토막씩 끊기면서 그녀의 입술을 통해 말이 나오기 시작했다.

*

"용서해줘, 언니! 제발 나를 용서해줘. 아, 내가 평생 이 순간을 얼마나 두려워했는지 언니가 안다면!"

쉬잔이 눈물을 흘리며 더듬더듬 말했다.

"나의 어린 것아, 뭘 용서해달라는 거니? 너는 내게 모든 것을 주었고 나를 위해 모든 것을 희생했는데……. 너는 천사야!"

그러자 마르그리트가 언니의 말을 막았다.

"언니, 아무 말도 하지 마. 제발 가만히 있어줘. 내가 말하게 내버려 둬줘. 내 말을 멈추게 하지 마. 너무 무서운 이야기야. 전부 다, 끝까지 말할 수 있게 해줘. 잘 들어, 언니……. 언니, 앙리 기억나지?"

쉬잔은 몸을 부르르 떨면서 동생을 바라보았다. 마르그리트는 이야기를 계속했다.

"언니, 이야기를 끝까지 들어야 이해할 수 있어. 나는 그때 열두 살, 겨우 열두 살이었어. 언니, 기억나지? 나는 응석받이였어. 뭐든지 내 맘대로 했잖아. 모두들 나를 너무 귀여워한 것 언니도 잘 알지? 잘 들어봐……. 그 사람이 처음 우리 집에 왔을 때 그 사람은 승마용 장화를 신고 있었어. 말에서 내리면서 아빠에게 전할 말이 있다고 했어. 언니도 기억날 거야. 언니, 제발 아무 말도 말아줘. 그냥 들어줘. 그 사람을 처음 보았을 때 나는 놀라서 숨이 막힐 지경이었어. 너무 잘생긴 거야. 나는 그가 말을 하는 동안 내내 응접실 구석에 서 있었어. 아이들이란 정말 이상하고…… 무서운 거야. 그래, 정말이야. 나는 그 사람을 꿈꾸게 된 거야.

그 사람은 몇 번이고 더 왔어. 그때마다 나는 내 온 마음으로 그 사람만 바라봤어. 나는 나이에 비해 몸도 컸고…… 사람들이 생각하는 것보다는 훨씬 조숙했어. 그는 자주 왔어. 나는 그 사람 생각만 했어. 그리고 이따금 이렇게 중얼거렸어.

'앙리…… 앙리 드 상피에르!'

그런데 그 사람이 언니와 결혼한다는 이야기를 들었어. 정말 충격이었어! 정말 무서운 충격……. 나는 사흘 밤을 눈물로 지새웠어.

그는 매일 오후 점심 식사 시간이 지나면 우리 집에 왔어. 언니도 기억나지? 언니, 대답할 필요 없어. 그냥 들어줘. 언니는 그 사람에게 밀가루와 버터와 우유로 과자를 만들어주었지. 그 사람은 너무 좋아했고……. 하지만 나도 만들 수 있었는데……. 그 사람은 그걸 한입에 삼키고는 포도주로 입가심을 하면서 '정말 맛있습니다'라고 말했지. 언니, 그 사람 말투 기억나?

나는 질투가 나서 미칠 것 같았어! 언니 결혼식 날이 다가오고 있었지. 2주밖에 남지 않게 된 거야. 나는 제정신이 아니었어. 나는 생각했어.

'그 사람은 쉬잔 언니와 결혼할 수 없어. 안 돼! 그럴 수 없어! 내가 나이가 들면 나랑 결혼해야 해! 나는 그 누구든 다시는 그 사람만큼 사랑할 수 없을 거야!'

결혼을 열흘 앞둔 날 저녁 언니는 달빛을 받으며 그 사람과 집 앞 저쪽 소나무 밑, 저 큰 소나무 밑까지 산책을 했어. 그리고 그 사람이 언니에게 입을 맞추고……. 그래, 입을 맞추고…… 언니를 길게…… 그토록 오랫동안 꼭 껴안고 있었어. 언니, 기억날 거야. 아마 생전 처음 하는 키스였을 거야. 응접실로 돌아왔을 때 언니 얼굴이 하얗게 질려 있었거든!

난 그때 언니를 봤어. 덤불숲에 몸을 숨기고 있었거든. 나는 미칠 듯 화가 났어. 그럴 수만 있었다면 두 사람 다 죽일 수도 있었을 거야!

나는 중얼거렸어.

'저 사람은 쉬잔과 절대로 결혼하면 안 된다! 그 누구와도 결혼할 수 없다! 그건 도저히 참아낼 수 없다.'

그러자 갑자기 그가 너무 증오스러워지는 거야.

언니, 내가 무슨 짓을 했는지 알아? 잘 들어봐. 나는 정원사가 떠돌이 개를 죽이기 위해 가루 같은 것을 준비하는 걸 본 적이 있었어. 그는 돌로 유리병을 빻아서 그 유리 가루를 고기 덩어리 안에 넣었었지.

나는 엄마 방에서 작은 약병을 하나 훔쳤어. 나는 그걸 망치로 잘게 빻은 다음 그 유리 가루를 호주머니에 넣었어. 반짝이는 가루였어. 다음 날 언니는 또 작은 과자를 만들었지. 나는 칼로 과자들을 가르고 그 틈새에 유리 가루를 넣었어.

그 사람은 세 개를 먹었어. 나도 하나를 먹었고. 나머지 여섯 개는 연못에 던져버렸어. 사흘 후에 백조 두 마리가 죽었어. 기억나지? 아니, 그냥 있어도 돼. 말하지 말고 듣기만 해. 나, 나만 죽지 않은 거야. 하지만 나는 항상 몸이 아팠지. 그래……, 그 사람은 죽었어. 하지만 그게 최악이 아니었어. 그건…… 정말 끔찍했던 일은…… 그 뒤에……. 그래, 내 삶이…… 내 삶 전체가 고문이 된 거야!

나는 생각했어.

'언니 곁을 떠나지 말자. 그리고 죽어갈 때 이 모든 것을 털어놓자.'

그리고 지금 다 털어놓고 있는 거야. 그리고 항상 이 순간을…… 모든 것이 밝혀지는 이 순간을 생각하고 있었어. 이제 그때가 온 거야. 아, 언니, 정말 너무 끔찍해!

나는 아침이건 저녁이건, 낮이건 밤이건 생각했어.

'언젠가 언니에게 모든 걸 말해야지!'

나는 기다렸어. 오, 얼마나 무서웠는지! 그런데 이제 다 이뤄진 거야. 아무 말도 하지 마. 이제 두려워……. 정말 무서워! 아, 내가 죽은 뒤에 그 사람을 다시 본다면! 그 사람을 다시 본다면! 아, 그 생각만 해도……. 감히 그럴 수는 없겠지만……. 하지만 그래야 해. 나는 죽어가고 있어. 언니가 나를 용서해주길 바라. 언니, 제발 부탁이야. 언니가 용서해주지 않으면 그 사람을 만날 수 없어. 오, 신부님, 언니에게 용서해주라고 말씀해주세요! 제발! 그렇지 않으면 죽을 수 없어요."

그녀가 말을 멈추고 몸을 눕혔다. 숨을 헐떡이고 있었으며 떨리는 손으로 여전히 침대 시트를 긁고 있었다.

쉬잔은 얼굴을 두 손으로 감싼 채 꼼짝도 하지 않았다. 그녀는 자신이 그토록 오래 사랑할 수 있었던 그 사람을 생각하고 있었다. 둘이 얼마나 행복한 삶을 누렸을 것인가! 그녀는 멀리 흐려진 과거, 영원히 잃어버린 과거 속에서 그를 다시 보았다. 오, 이미 죽어버린 사랑하는 사람을! 아, 그 생각만 해도 가슴이 찢어지는 것 같았다. 오, 그 입맞춤! 그의 단 한 번의 입맞춤! 그녀는 그 기억을 그녀의 영혼 속에 간직하고 있었다. 그리고 그 이후로는, 아무것도, 그 이상 아무것도 그녀의 삶에 존재하지 않았다!

신부가 갑자기 몸을 일으키더니 엄중한 목소리로 단호하게 말했다.

"마드무아젤 쉬잔, 동생께서 숨을 거두려 합니다."

그러자 쉬잔은 눈물로 얼룩진 얼굴을 들어 올리더니 두 팔로 동생을 안았다. 그녀는 동생에게 열렬히 키스를 퍼부으며 외쳤다.

"용서해줄게! 용서해주고 말고! 나의 어린 것!"

『기 드 모파상 단편집』을 찾아서

모파상(Guy de Maupassant, 1850~93) 하면 『여자의 일생』이라는 제목으로 잘못 번역된 『어느 생애』를 떠올리는 사람도 있을 것이고 단편 「목걸이」를 떠올리는 사람도 있을 것이다. 그만큼 그는 장편소설뿐 아니라 단편소설에서도 뛰어난 역량을 발휘한 작가이며 그를 일약 문단의 스타로 주목받게 해준 작품도 단편 「비곗덩어리」이다. 모파상 문학의 본령은 장편이 아니라 단편이라고 단정 지어 말하는 것은 옳지 않은 일이지만 세계 문학사에서 가장 뛰어난 단편 작가를 딱 한 명 꼽으라면 그건 바로 모파상이다, 라고 말하는 것은 과장이 아니다.

모파상은 장편소설 6편과 희곡 5편 등을 썼다. 그러나 단편소설은 무려 300여 편을 썼다. 오로지 양의 측면에서만 보더라도 모파상만큼 단편을 많이 쓴 작가는 거의 없다. 그리고 거의 모든 작품이 단편이 지녀야 할 특성과 품격을 지니고 있다. 짧은 단편이면서 촌철살인 같은 인간의 심리가 압축 묘사되어 있으며, 한 편 한 편의 구성이 촘촘하게 잘 짜여 있고, 울림이 있다. 따라서 300편이 넘는 그의 단편들 중에서 몇 편의 대표작을 추리는 일은 지난(至難)한 일이다. 태작(駄作)들 중에서 우수한 작품을 고르는 일도 쉽지 않은 일이지만 모두 나름대로 감칠맛이 나는 작품들 중에서 독자 여러분에게 꼭 소개해주고 싶은 작품들을 고른다는 것은 정말 어려운 일이다.

나는 고민 끝에 모파상의 가장 유명한 단편 「목걸이」와 발표 당시 플로베르로부터 '길이 남을 작품'이라는 평을 들었던 「비곗덩어리」 외에 사랑에 대한 몇 편의 작품들을 골라 번역해 실었다.

단편집 해설은 어렵다. 각각의 작품에 대해 논하다보면 본격적인 평론이 될 우려가 있고, 그렇다고 전체를 아울러 설명하려다 보면 성긴 그물망이 되기 쉽다. 그저 한 편 한 편 맛있게 음미해보라고 권하는 수밖에 없다. 다만 모파상은 결코 인간의 밝은 면, 상식적인 면에 주목한 작가가 아니라는 것은 확실히 말할 수 있다. 「비곗덩어리」만 보더라도 애국심, 민족주의라는 고상한 단어 밑에는 욕정과 이기심이 꿈틀거리고 있고, 신분에 대한 자부심도 일시적 배고픔 앞에서는 무력하기만 하다는 것을 우리에게 뼈저리게 확인시킨다. 심지어 수녀들의 경건한 신앙도 우리가 상식적으로 당연하게 여기는 인간적 미덕에 비해 아무런 무게도 없는 것으로 신랄하게 묘사된다.

그렇다고 해서 그의 작품들이 비관주의에 물들어 있다고 말하는 것은 옳지 않다. 그것은 인간이라는 불가사의한 존재에 대한 진실 탐구 그 자체이다. 인간의 내면에 깃들어 있는 추한 면을 꿰뚫어보는 그의 시선은 왜곡된 시선이 아니라 진실을 추구하겠다는 열정으로 빛나는 시선이다. 그리고 그 시선 또한 인간의 내면에 깃들어 있는, 추함과는 거리가 먼 또 다른 소중한 욕망의 발현이다. 어떤가? 인간의 내면에 깃들어 있는 추한 면을 보고 절망하거나 비관주의에 빠지는 사람도 있을 수 있지만, 대부분의 경우 정신적 성장을 경험하고 삶의 지혜를 얻을 수 있지 않은가? 세상이 모두 아름답게 보이고 사람들이 모두 사랑스럽게 여겨지는 것도 아주 좋은 일이다. 하지만 그런 순수한 환상과 사랑만으로 세상을 살아갈 수는 없다. 언젠가 그 환상과 사랑은 깨지게 되어 있다. 그 순간 그런 순수함을 잃고 길을 잘못 들면 타락해버릴 수도 있는 것이 인간이다. 하지만 길만 잘 접어들면 그런 순수함에서 벗어나는 것이 곧 성숙에의 길로 이어질 수도 있다. 모파상의 단편들을 음미하면 충분히 그런 길잡이가 될 수 있다. 그의 작품들에는 신랄한 시선과 함께 뭉클한 감동이 함께 들어 있기 때문이다.

나는 이 작품집에 사랑에 대한 몇 편의 작품들을 골라 번역해 실었다고 했다. 그런데 그 작품들에 나오는 사랑도 우리가 '사랑'이라는 단어에서 일반적으로 떠올릴 수 있는 이미지와는 많이 다르다. 한 마디로 말한다면 비정상적인 사랑이다. 하긴 사랑에 어디 정상, 비정상이 있겠는가?

독일의 소설가 토마스 만은 『마의 산』에서 사랑에 대해 다음과 같이 아주 멋진 말을 했다.

> 가장 경건한 사랑으로부터 가장 육체적이고 관능적인 사랑에 이르기까지 온갖 종류의 사랑에 대해 '사랑'이라는 단 하나의 언어밖에 존재하지 않는다는 것은 정말 좋은 일이 아닌가? 그 안에는 온갖 모호함이 녹아 있다. 사랑은 제아무리 경건하다 하더라도 육체적일 수밖에 없으며 아무리 육체적인 사랑이라 할지라도 경건하지 않을 수 없다. 더없이 예민한 다정한 사랑의 경우건, 열정에 푹 빠

져 있는 경우건 사랑은 사랑 그 자체이다. 사랑은 유기적 공감이며 부패할 수밖에 없는 것을 관능적으로 포옹하는 것이다. 그리고 아무리 미쳐 날뛰는 듯한 열정이라도, 반대로 아무리 경건한 열정이라도 그 속에는 종교적 사랑이 들어 있다. 그 의미가 너무 다양하다고? 그렇다면 제발 다양한 대로 내버려두라. 그래야 사랑이 살아 있고, 사랑이 인간적이 된다. 그 사실 때문에 불편해하는 것은 '깊이'가 없다는 것을 드러내는 딱한 일이 될 것이다.

토마스 만의 말대로 사랑은 그냥 사랑이다. 그의 말대로라면 그 앞에 '비정상적'이니, '기괴한'이니 등등의 수식어를 붙여 구분하는 것 자체가 잘못된 일이다. 사랑이라는 단어에는 사랑 그 자체밖에 존재하지 않는다. 그러니 사랑은 그냥 받아들이거나 내버려두어라, 라고 토마스 만은 우리에게 충고한다. 나는 거기에 더해, 이 작품집에 등장하는 온갖 사랑들에 그냥 취하라고 권하고 싶다.

온갖 사랑에 대해 공감하면서 마음 떨림을 경험한다면, 우리는 간접적으로 그 사랑을 해본 것이 된다. 우리의 마음에서…… 우리의 내면에서…….

모파상은 1850년 노르망디주의 센느 마리팀에서 네덜란드 귀족 혈통을 지닌 귀스타브 드 모파상과 부르주아 계급의 어머니 로르 사이에서 태어났다. 그가 열 살이 되던 해에 가족은 『어느 생애』의 배경인 에트르타로 이사했다. 예술적 재능이 풍부했던 그의 어머니가 귀스타브 플로베르와 어릴 때부터 친구였다. 그의 어머니는 모파상이 어릴 때부터 그가 훌륭한 문필가가 되기를 원해서 『보바리 부인』의 작가 플로베르에게 자기 아들을 제자로 받아들여달라고 부탁했고 플로베르는 이를 수락했다. 모파상은 그가 22살 되던 해인 1872년 파리로 갔고 두 천재 사이에 사제관계가 맺어졌다.

고향을 떠나 파리로 온 모파상은 플로베르의 소개로 자연주의 소설의 거장인 에밀 졸라를 만나게 되고 그의 영향도 받게 된다.

모파상은 플로베르의 영향 아래, 초기에는 엄격한 사실주의 소설들을 주로 발표했다. 또한 플로베르의 영향으로 동사 하나, 형용사 하나를 선택하는 데도 심혈을 기울였다. 그 결과 그는 지금까지도 상황에 맞는 가장 적확한 표현을 한 작가들 중 하나로 꼽히고 있다.

모파상은 초기에는 단편들을 주로 썼다. 특히 1880년에 발표한 「비곗덩어리(*Boule de suif*)」는 스승 플로베르로부터도 절찬을 받았다. 그는 작가 생활을 통하여 모두 300편의 단편소설을 썼고 그 결과 러시아의 소설가 안톤 체호프와 함께 서구 근대 단편소설을 꽃피운 사람으로 꼽힌다. 하지만 그는 단편소설을 자신의 본령으로 생각하지 않았고 어디까지나 장편소설을 쓰기 위한 연습 과정으로 여겼으니 역설적이기도 하다.

그는 1883년에 『어느 생애』를 발표해서 모든 사람들을 놀라게 했다. 특히 그의 작품을 읽은 톨스토이가 빅토르 위고의 『레 미제라블』 이후 프랑스 최고의 걸작 소설이라고 칭송한 것은 유명하다.

이후 그는 『벨아미』 『피에르와 장』 등의 장편소설들을 계속 발표하여 호평을 받았지만 42세가 되던 1892년에는 정신 이상 증세를 보여 자살을 기도하기도 했다. 그는 정신 병원에 수용된 채 그곳에서 1893년 43세를 일기로 세상을 떠났다.

『어느 생애』는 여러 번 영화로 만들어져 사람들의 사랑을 받았으며 특히 프랑스의 스테판 브리제 감독이 연출한 2016년 작품은 아름다운 영상과 절제된 내용으로 수작으로 평가받았다.

기 드 모파상 단편집

생각하는 힘: 진형준 교수의 세계문학컬렉션 67

펴낸날 **초판 1쇄 2021년 8월 30일**

지은이 **기 드 모파상**
옮긴이 **진형준**
펴낸이 **심만수**
펴낸곳 **(주)살림출판사**
출판등록 **1989년 11월 1일 제9-210호**

주소 **경기도 파주시 광인사길 30**
전화 **031-955-1350** 팩스 **031-624-1356**
홈페이지 **http://www.sallimbooks.com**
이메일 **book@sallimbooks.com**

ISBN 978-89-522-4306-5 04800
978-89-522-3986-0 04800 (세트)

※ 값은 뒤표지에 있습니다.
※ 잘못 만들어진 책은 구입하신 서점에서 바꾸어 드립니다.